大地映像

DADIYINGXIANG

肖作福　　　　著
杨春风

辽宁人民出版社

ⓒ肖作福　杨春风　　2020

图书在版编目（CIP）数据

大地映像 / 肖作福, 杨春风著. — 沈阳 : 辽宁人
民出版社, 2020.1
ISBN 978-7-205-09855-1

Ⅰ. ①大… Ⅱ. ①肖… ②杨… Ⅲ. ①散文集－中国
－当代 Ⅳ. ①I267

中国版本图书馆CIP数据核字(2019)第298878号

出版发行：辽宁人民出版社
　　　　　地址：沈阳市和平区十一纬路25号　邮编：110003
　　　　　电话：024-23284321（邮　购）　024-23284324（发行部）
　　　　　传真：024-23284191（发行部）　024-23284304（办公室）
　　　　　http://www.lnpph.com.cn
印　　刷：辽宁奥美雅印刷有限公司
幅面尺寸：185mm×260mm
印　　张：11.75
字　　数：155千字
出版时间：2020年1月第1版
印刷时间：2020年1月第1次印刷
责任编辑：张婷婷
封面设计：Amber Design 琥珀视觉
版式设计：Amber Design 琥珀视觉
责任校对：郑　佳
书　　号：ISBN 978-7-205-09855-1
定　　价：80.00元

序言

——老树春深更著花

手捧着《大地映像》的书稿，心中回荡着顾炎武的诗句："苍龙日暮还行雨，老树春深更著花。"

肖作福先生是辽宁省一位德高望重的老领导。在职期间，以其卓越的政绩、朴厚的人格名扬辽沈大地。退休后，在人生"第二个青春期"，他又在艺术领域里奋斗、跋涉，并取得了让人刮目相看的成就。

这部作品包含"故地乡愁""丰饶四季""锦绣河山""活力湿地""人文中国"五个部分。文字精练、简洁、生动，辅以相应图片，可以称得上图文并茂，相映成趣。作品生动反映了人与自然的关系，赞美了祖国的壮丽河山，讴歌了人民改天换地的豪情，表达了对祖国、对家乡、对人民的挚爱之情和对美好生活的期许与向往。

从这部作品中，我们感受到了作福先生浓浓的家国情怀。

这位出生在北镇市肖屯的老人，至今对生于斯、长于斯的热土一往情深。老家的山山水水、阡陌沟渠、街巷城墙、塔寺牌楼，那记忆中的"味道"，那割舍不断的乡愁，依然记忆犹新、魂牵梦萦。那是一种既质朴

又神圣，既冲动又恒久涌动着的民族血缘和家庭谱系；个体血脉与群体的承继关系，并由此生发出别样亲切、温暖、祥和与肃穆、庄严、凝重的乡情。

在书中，我们看到了具有四千多年历史，虞舜时期被封为幽州镇山的医巫闾山群峰耸峙、六重掩抱、南望渤海、水天一色的雄姿；看到了建于隋代的"就山立祠"，庄肃静穆的北镇庙；看到了高耸入云、风铃摇曳、两相对峙、神州唯一的辽代双塔；看到了矗立在北镇市中央大街，建于明万历年间，气势恢宏、端庄沉稳、剔透玲珑的石牌坊；更看到了铭刻在童年记忆中孩童灿烂的笑脸、故乡父老乡亲亲切的容颜……作品诉说了一个赤子对赋予他灵魂与希望的热土的敬畏与皈依。从作品中，我们看到作福先生的"乡情"并不囿于生养他的这片土地，而是把情感的目光洒向他步履所及的地方。正如德国诗人荷尔德林所说："诗人笔下的故乡很多时候与地理无关，但应该依靠美术、艺术和诗歌而回去。"同样，肖作福先生心目中的故乡也早与地理无关。他依靠自己的责任与义务、使命与担当而"回去"，回到那大写的"故乡"，亦即古人所言"直把他乡作故乡"。于是，我们看到了他对辽沈大地的钟情，对祖国大好河山的热爱。丰饶的辽北、秀丽的辽南、险峻的辽西、葱郁的辽东，寄予他无尽的思念与挂怀；黑龙江的大河、吉林的大山、内蒙古的大草原、西藏的大高原、新疆的大油田、香港的大回归、陕西的"大地原点"，无不是他心中的向往。他的笔触投向了白山黑水，辽河两岸，大江南北，长城内外。盘锦的红海滩，本溪的枫叶，昌图的苹果，黑山的玉米；绥中的长城，长白山的天池，黄河壶口的瀑布，亚布力的冰雪，格尔木的胡杨，新疆的乌尔禾风城，介休的绵山，台湾岛的风光，都成为他动情讴歌的对象。在这深情的讴歌中，涌动着不息的家国情怀。

从这部作品中，我们感受到了作福先生高度的使命感。

马克思说："作为一个确定的人，现实中的人，你就有规定，就有使命，就有任务。"而使命感，就是指人对一定社会、一定时代，社会和国家赋予的使命的感知和认同。有使命感的人，会珍惜人生、生命、工作、生活。使命感是人的内在永恒动力；一个人的使命感越强烈，他的人生希望也越强烈，工作激情与生活热情也越强烈，他的人生责任感也越强烈。

这部作品可以看作是对上述观点的一个诠释和佐证。这些作品中，相当一部分是反映辽宁农业、农村变化的记录。这些让后人"回眸历史"

的记录，其实也饱含着当时的领导者、参与者作福先生的贡献与心血。那自然造化加人为干预而形成的天下奇观盘锦红海滩，正是作福先生任省政府主管农业副省长时，亲自规划、亲自领导的辽河三角洲农业开发工程的"完美结晶"。那条绵延27公里的拦海大堤不仅成功地解决了海潮倒灌问题，由此打造了千顷稻田，同时也使那片"宝泥滩"的盐碱度得到了有效的降低，为翅碱蓬获得了大规模滋生的良机，进而生成了"其势如火、焰焰如虹"的红海滩。还有那昌图的苹果，也是作福先生任铁岭市委书记时，为调整昌图的经济结构，改变单一玉米种植的老路，通过果树嫁接和土壤改良而成功栽种"寒富"的成果。还有绥中的加碑岩，这个革命老区、辽西第一个中共支部的诞生地，同时也是辽宁省最偏僻、最贫困的乡，"九沟十八汊，汊汊有人家。多的三五户，少的一两家"，没有一条像样的路，时任副省长的作福先生亲自协调有关部门和单位，修起了一座现在群众还啧啧称赞的"福桥"。更有那遍及全省的大型水利工程，如作品中反映的"白石水库"、"石佛寺水库"、"桓仁水库"、"七里河水库"、"盘锦河闸"、辽西北供水工程等，无不渗透着作福先生的心血。正如电视连续剧《士兵突击》中的一句台词："生命是一棵大树，我愿为大地洒下一片绿荫，不抛弃，不放弃。"从七里河公社人生的第一站，到义县的初试锋芒；从锦州的大展身手，到铁岭的全面主政；从省政府主持日常工作到省政协担纲领衔，"不抛弃，不放弃"始终是他为官从政的信念和座右铭。不抛弃人民，不放弃职责，忠诚地履行使命。而这部作品所反映出的历史瞬间，正是作福先生"不抛弃，不放弃"的生动写照！

从这部作品中，我们还感受到作福先生令人赞叹的艺术才华。

在大多数人的印象中，作福先生是一位卓越的领导干部、仁厚的长者，同时又是一个农民的儿子。但这部作品却展示了作福先生的另一面——富有艺术修养的一面。

作福先生的作品灵感来源于童年的记忆、工作的感受、对祖国河山由衷热恋和对生命中一切美好事物的向往。他承袭传统山水文化中博大精深且绵延不绝的山水审美文化，使其作品秀雅、幽静、凝重。于是，我们便看到了倚空凌云的黄山，霞光波影的辽河，静谧辽远的草原，白雪皑皑的高原，层林尽染的枫林，水天一色的宝岛；扑面而来的深沉厚重、壮美大气、质朴自然。这既是他眼中的山水，更是他心中的山水，或者

说是他自己。

　　作福先生的作品不仅反映了生活的真实，也诉说了他自己。海德格尔说过：语言有自我陈述的功能。从书中我们看到了一位八秩老人，他东揽碧海波涛，西寻藏传神奇，北赏塞外银装，南阅宝岛葱茏，抒发着他对生活的希望与激情。正如他曾引用的泰戈尔名言："天空中没有我的痕迹，但我已飞过。"更如他豪迈而自豪地放言："我的下一秒永远是未知的新奇！"

　　我们将看到，作福先生还会继续向人们展示他的"新奇"。这棵老树繁花似锦！

　　是为序。

郭兴文

2019 年 9 月 20 日

目 录

CONTENTS

第 一 部 分
故地乡愁

医巫闾山

医巫闾山是我国成名很早的历史文化名山。

　　早在 4000 多年前的虞舜时期，全国分为十二州，又各封一山为一州之镇，医巫闾山就被册封为了"幽州镇山"，由此成了东北大地最早见诸先秦典籍的名山。时至隋代，颁封五岳五镇，医巫闾山又被封为了北方镇山。此后历朝历代，也都对其不胜尊崇，纷纷在此建庙设主，封公晋王。到了明代，医巫闾山就已成为"辽境内三大名山之首"了。

| 辽宁北镇医巫闾山 |

| 辽宁北镇医巫闾山 |

　　一直以来，医巫闾山始终为历代帝王雅士所瞩目，包括屈原，包括乾隆。许多个世纪里，无数文人墨客为它撰写华文丽章，太多名臣高士为它欣然刻石立碑。他们在它的怀抱里览胜寻幽，它也借着他们的讴歌而美名远播。

　　如今，人们习惯于将医巫闾山简称为"闾山"。

　　闾山是北镇最引以为荣的一个存在。作为锦州的一个县级市，"北镇"这个名字即起源于闾山。1995 年，此处曾改名"北宁"。虽并不清楚这一变更的具体缘由，北镇人却仍然对此不大满意，甚至外地人也都不太习惯，以至于说起这地方的时候，还大多照旧以"北镇"相称。人们对于一个地方的热爱，很多时候会表现为对它的故称旧名的眷念及紧捏不放。

或许这样的眷念也会于多年发散出一种积极的力量，虽无影无形，却仍能为人所知，并感同身受。于是到2006年，"北宁"便重又叫回了"北镇"。人们的遗憾至此得到了圆满的弥补，北镇人自个儿也长长地舒了一口气。

尽管今天的北镇并不怎么打眼，在历史上却颇为紧要。既是辽河平原之屏障，也是山海关外之要冲，以至于被历代帝王视为膏腴之地而建州设府，置卫筑城，时至明代还被誉为了"幽州重镇""冀北严疆"，成了"九边重镇"之首的辽东镇的军政中心。

北镇的面积虽不大，却很古老，早在新石器时代就打上了人类文明的烙印。业已过去的数千年的风风雨雨，使北镇像极了一个沧桑的老人，脸上的每一条褶皱都蕴满了岁月的表情，还漂不淡，也剔不出，因为它埋藏在一条条石板路的缝隙里，隐匿在一幢幢老宅子的砖墙里。北镇的古，深浓得就像夜色似的，让人看不清时间的起点和尽头。然而却能用心感受和伸手触摸，没准随便摔个跟头，也能捡起满手的传说和故事。

沿着这个小城的任意一条小巷悠闲地走，走至尽头，往往就会迎来一片远山，暗绿的，或者黛青的，那就是闾山了。闾山对北镇而言，就像母亲的一条手臂，舒缓而又温暖地将它环绕。这座暗赭色的小城，许多年中，就在这种令人心安的环绕中日益壮大着，从府、卫到县、市，从少年到壮年，也从清贫到丰庶。

到20世纪80年代初，北镇就已凭借闾山壮美的自然资源及其深厚的历史文脉，大力发展起了文化旅游事业，乘着改革开放之风蓬勃向上，很快就成了海内外游人的瞩目之地、心向之所。如今的北镇，已在闾山的林海松涛及层叠梨花的掩映下，越发璀璨了。

闾山之文脉，源远流长；闾山之壮美，亦将世代绵延。

北镇庙

这是当年的五座镇山神庙当中，唯一得以幸存的一座。

隋代于全国册封了五岳五镇，也同时"就山立祠"，各建了一座"镇山之庙"，如今坐落在锦州北镇市的北镇庙，就是"北方镇山"医巫闾山的"镇庙"。这也是当年的五座镇山神庙当中，唯一得以幸存的一座。

辽宁北镇庙

　　尽管北镇庙最初的规模与格局都已无从考证，考古学的发现却已表明时至辽金时期，它必定得到了不止一次的扩建。随后的明清两代也曾多次予以维修，使其在岁月中逐渐凋残的土木、日益褪色的金粉，都屡换新颜。

　　时至民国初年，北镇庙仍有高僧住持，并有既精通老庄又擅长书画的道长经管，庙中的亭楼殿阁也完好无损，宗教活动亦不减往昔。1963 年，北镇庙被辽宁省人民政府公布为第一批重点文物保护单位，尽管这并未能使它在接下来的岁月中免遭破坏。

　　1980 年，北镇文物管理部门接管了北镇庙，使之同全国各地的文物古迹一样，自此迎来了和煦的春天。时至今日，北镇庙仍然保持着庄肃的庙容，这并非时光给予了它额外的尊重，而是仰赖于改革开放后的一

代代文物工作者的尽心维护。

北镇人对文物古迹的爱护是真心实意的，这应该与这方土地的深厚文化素养息息相关。历史上的北镇不仅是地处要冲的兵家必争之地，亦素为文化名城，辽代有藏书万卷的读书堂，明代有辽右书院和崇文、仰高书院，读书求知之风经久不衰。

在这种持久浓郁的文化氛围中，也成长起一代又一代文化名人，如辽代的马人望、金代的曹永义、元代的耶律楚材、清代的李维祯，以及现代的唢呐演奏家胡海泉、画家张汀、东北大鼓"霍派鼻祖"霍树堂、名医林华增、高师肖雨春等，可谓人才辈出。

这些相继灿烂于历史长河中的文化名人，不仅使北镇这座文化古城更显幽深，更具内涵，而且使北镇在无影无形中逐渐形成了重文尚艺的民风民俗。当时光流转至今，北镇的剪纸艺术与民间工艺品仍然蜚声全国。实际上每在辽西行走，都能感受到北镇的文化气韵，即使随便向哪个路人打听一下北镇人的特点，多数时候也都能得到这样的一种回答：那是一个奇怪的群体，哪怕只是一个普通的农民呢，没准也会在白天下田干活，晚上伏案写诗。

信不信呢？由你。

能确定的是，在这种民风民俗当中成长起来的北镇人，对文化的理解相对更加深刻，文化保护意识也由此更加自觉。也因此，早在1988年，北镇人就将北镇庙申报了全国重点文物保护单位，并于当年获批。从那时起，北镇庙的保护便获得了国家的大力支持，重大维修项目也均由国家统筹安排。

相信北镇庙在接下来的岁月里，依然会庄肃如故。

相信北镇的文化气息，也仍会浓郁如昔。

崇兴寺
双塔

这种形制相似、高度相仿又两相对峙的古塔，在中国大地也是绝无仅有的一对。

在漫漫的历史长河中，与医巫闾山相依相偎的北镇地区，也逐渐积淀了深厚的人文履痕。时至契丹大辽，这方水土的历史地位已经达到空前高度，以至于辽代的 9 位皇帝当中有 3 位安葬在了医巫闾山。今日在北镇市仍然可见的辽代遗留，是图片中的这两座雄伟的禅塔。

这两座禅塔俗称"崇兴寺双塔"。其实这样的称呼并不够妥帖，因为崇兴寺系后代所建，双塔则是已被考古学证实的辽代建筑。

双塔坐落在北镇古城的东北角，东西对峙，间距 43 米，东塔高 43.85 米，西塔高 42.65 米。这样的高度，不仅使之高耸入云，更使人遥遥即可见之，使其成为北镇的一处地标性建筑，在北镇人的心目中留下了深刻的记忆。

早年，只有北镇街里才有初级中学，那些考上初中的周边村屯的孩子，

|辽宁北镇崇兴寺双塔|

便都要寄宿在北镇就读，逢周末和节假日才能返乡。当年的交通全靠徒步，一个往返通常都是十几公里的路程。每当孩子们走得疲累的时候，都会下意识地举目遥望，遥望的焦点是那对高高的辽塔。虽然只能望得到它们的塔尖，却也能就此判断出自己业已走出了多远，尤其还能预估出剩下的路程，而剩下的路程一旦估算出来了，走起来似乎就不难了。

许多年里，许多的孩子，都被那双塔的塔尖这么屡屡地振奋过。

想来古人在建造的时候，绝对料不到千余年之后，它们会成为一个个苦巴巴的中学生行进途中的醒目坐标，不仅被他们一次次抬眼巴望，还被他们一次次欣喜看见，并当真给了他们那么真切的希望，以及坚定的信念。当他们在这种巴望中渐渐长大，对双塔的感情便也在心中默默增生，不知不觉，却持久不息。当白发苍苍之际，蓦然回首之时，才赫然发现那份感情已是又深又浓，虽非炽烈似火，却也萦绕了整个心胸。

双塔则依然高耸入云。

双塔属八角十三层密檐式建筑，由于是砖筑实心，虽屡经战乱和岁月的洗礼，却并未遭到严重的毁坏。如今其塔身上镌刻着的腾龙、舞凤、伏狮、游鱼等纹饰，仍清晰可见，建在八角攒尖式的塔刹上的莲座、宝瓶、塔杆等也都完好无缺，八角檐上悬挂着的风铃、风铎，每遇微风轻徐，也仍会发出清脆的鸣音，酝酿着古塔庄肃的气氛。

塔燕也依然盘旋在塔周。

塔燕是双塔的一道奇观，数以千计，浩繁层叠。没有人能数得清它们的具体只数，也没有人能说得清它们在此栖息的具体年头。这些可爱的小生灵白天群飞觅食，夜晚静栖檐下。一年如此，年年如此，年复一年静悄悄地演绎着这道神奇的景观，为古塔增添了神秘，为世人平添了寄托。

实际上，即使不论环栖的塔燕，单只是像双塔这种形制相似、高度相仿又两相对峙的古塔，在辽宁也是唯一的一对，在中国大地也是绝无仅有的一对。北镇实在可以以此为傲的。

李成梁
石坊

为表彰时任辽东总兵李成梁的赫赫战功而立，故俗称"李成梁石坊"。

矗立在北镇市中央大街的那座石牌坊，立于明万历八年（1580），因是为表彰时任辽东总兵李成梁的赫赫战功而立，故俗称"李成梁石坊"。

这是一座恢宏的石构建筑，用暗紫色的沉积砂岩雕凿而成，通高 9.25 米，面阔 10.5 米。通体均有精美雕刻，皆属蟒袍人物、二龙戏珠、三阳开泰等中国传统文化中的祥瑞图案，坊间大匾额的两面还镌刻着"天朝诰券"四个大字。

李成梁石坊以其气势恢宏的构制、端庄沉稳的题字、剔透玲珑的雕镂，具有了历史、艺术等多方面的价值，堪称古代劳动者的一个杰作，在东北地区屈指可数，也由此被列为了全国重点文物保护单位。

在业已过去的 400 多年间，这座又美又静默的石坊，就宛如一个时代的见证者，目睹了北镇这个小城的发展步履，以及它所伫立的那条街的渐致繁华。

那条街有一个赫亮的名字，叫"中央大街"，为一条商业街，两侧均是商铺，沿途建有错落的砖砌花坛，花坛当中植着树，侧畔布置着长条木椅。树荫之下，木椅之上，几乎每一天都会聚拢来许多老人，他们悠闲地坐在那里，要么彼此闲聊，要么举目张望。张望之时并无目的，却很贪恋，一眼再一眼，眼眼都有内容。不过若有人上前跟他搭话，他仍会及时地和善回应，尽管目光还没来得及收回。

| 辽宁北镇李成梁石坊 |

| 辽宁北镇中央大街 |

您老多大岁数了啊?

到这个月的十五,就整 86 了!

真高寿哇!

不行啊,差得远呢! 看见那儿没? 坐在花布衫老太太旁边的那个老爷子,人家昨儿刚过了 97 岁的生日哪!

啊? 还那么硬朗哪!

那是,那老爷子还能打麻将呢……

北镇人的长寿是出了名的,且名声不小,像北镇的梨花一样名震周边,也像那花落果结的南果梨和香水梨。或许这两者之间也存在点儿奇妙的关联呢,年复一年地呼吸着含蕴花果之香的空气,想来必是有助于延年益寿的。

李成梁也是长寿的,生于 1526 年,卒于 1615 年,享年 90 岁。他虽是铁岭卫人,却多年生活在时称广宁的北镇,镇守辽东 30 载,位高功隆,贵极而骄,即使饱受争议,却仍得了北镇的长寿之福。这座石坊建造之时,李成梁 55 岁。在它矗立于北镇的 400 多年里,李成梁之人之功普遍为后人所熟知,这也是一个人不浅的福分了。

北镇
梨花

史蕴深厚的医巫闾山，不仅使北镇成了历史文化名城，也使它发展为了著名的果蔬之乡。早在改革开放之初，北镇就凭借着得天独厚的资源优势，将"庭园经济"和"林下经济"搞得如火如荼了。

| 辽宁北镇梨花 |

　　那时候鼓励农民脱贫致富的风气已在全国范围内掀起，不过鉴于辽宁省的粮食自给问题尚没有解决，也就暂时还未提倡在大田里种植经济作物。然而求富之心已经蓬勃，智慧的群众便纷纷把经济作物种在了房前屋后，也种进了果树林。在这方面北镇算是个先锋。

　　那些年，每当春天梨花盛开的时节，梨树之下就全是韭菜、芹菜、茄子或辣椒，白绿相间地连绵一片，蔚为壮观。当仲夏来临，老百姓院子里的葡萄藤也都竞相爬上了房檐。这种趋势有如星火燎原，以至于随便到哪个村子，放眼望去，几乎家家都是如此。新中国成立后的最初的商品经济，也就这样在北镇热热闹闹地发展起来了。

北镇是不缺林地的，在山体的自然繁育之外，很多人家还曾在新中国成立之初就开始自发地种树了。他们大多种在自家的房屋周围，抵风沙，抗洪水，期待在几年或十几年之后能卖几个零花钱，纵然不成材，也能当烧柴。尽管这些树在后来"割资本主义尾巴"的运动中被砍了一些，但仍有存留，尤其是那些种在自家前后园子里的，几乎全部得以保留了下来。这为"林下经济"在北镇的发展提供了可喜的前提，并使很多家庭当真以此奔向了富裕。

当时光流转至今，北镇已经成为全国知名的水果主产区，尤以葡萄和梨最为著称。北镇的梨有20多个品种，鸭梨、南果梨、香水梨、安梨、苹果梨等个个声名远播。2017年，"北镇鸭梨"喜获国家农产品地理标志登记证书，这是继"北镇巨峰葡萄"之后，北镇市第二个获此证书的农产品。如今，北镇的梨树种植面积已高达12万亩，总产量7万吨。

如此大面积的梨树，使北镇的春天风光无限。

"忽如一夜春风来，千树万树梨花开"的诗韵，已如实上演在北镇的春天，一年一度，度度繁荣，年年似锦。北镇市也早从1991年起，就开始举办梨花节，至今已成功举办了29届。到北镇赏梨花，也已成了一个令人神往的旅游项目，风靡了全省以至全国。

被医巫闾山轻轻环绕着的小城北镇，因为梨树以及梨花的存在，不仅体面地保持了它"小康之乡"的美誉，而且也当真愈加美丽和妖娆了。

锦州
世博园

锦州世博园，则因为郁金香的存在，而分外与众不同。

　　"规模"是个很寻常的词语，却很不简单。

　　很多东西一旦上了规模，就不得了了。

　　比如盘锦的红海滩，构成之物不过是一种很寻常的耐盐碱植物"翅碱蓬"，却因毗连成片而红透了中国，甚至国际。再比如锦州世博园的郁金香，也是由于上了规模而酝酿出一片花的海洋，从而令人至今难忘。

　　锦州世博园是"2013 中国·锦州世界园林博览会"的主体园区，位于这个城市的龙栖湾新区，总占地面积 7 平方公里，其中陆地面积 3.3 平方公里，海域面积 3.7 平方公里，也由此成了全球规模最大的海上世界园林博览会。园区内总共规划建设了 108 个展园。每个展园都呈现了风格各异的人文艺术景观，尤其做到了一园一花，百园百卉，园园争妍竞艳。

　　除此，锦州世博园还创建了世界上规模最大的万花谷，种植着各种花卉，尤以郁金香最为惹眼，不仅汇聚了全球的上百个品种，且每一种都成丛连片，宛若一条条彩色缎带，蜿蜒绵延着伸展出去很远很远。数不胜数的郁金香，各自以挺拔的油绿绿的茎枝挑起一朵朵饱满的花朵，有的开得正好，有的含苞待放，每一种都风情万种。

辽宁锦州世博园

如果说郁金香是一种常见的草本植物，那么当它被精致有序地汇拢到一处，再以如此的规模连缀在一起，人们的视线所见也就不再寻常了。事实上它已成为一道极为壮观的风景，俨然一片姹紫嫣红的花海，既洋溢着生命的蓬勃，又焕发着色彩的活力。

在见到锦州世博园的郁金香之前，并不曾觉得这种花有多么好看。见了之后，才发现它实在是太典雅了。郁金香能在万花丛中脱颖而出，晋升为荷兰、新西兰、伊朗、土耳其等多个国家的国花，显然也是可以理解的了。"世界花后"的美誉赠予它，属实足够妥帖。

郁金香的花朵色彩很多，而且每一种颜色都颇为饱和，以至朵朵都堪称艳丽。作为一个形容词，"艳丽"往往也折射着俗气，然而在观赏过锦州世博园的郁金香之后，就会相信一旦艳丽上了规模，竟也能如此典雅，且还平添了别样的妖娆。

锦州，这个曾为辽西省省会的城市，因为世博园的存在，而越发引人注目。

锦州世博园，则因为郁金香的存在，而分外与众不同。

第 二 部 分

丰饶四季

昌江梯田

昌江地处海南省西部，位于五指山余脉的西北侧，地貌复杂。

昌江是海南省的一个县。海南省坐落在我国的最南端，简称"琼"，以一个秀雅的字眼，代称了一个美丽的省份。如果把海洋面积也算上的话，那么海南省就是我国的第一大省，无出其右者。海南的经济特区也是我国最大的省级经济特区，是独一无二的。

| 海南昌江梯田 |

这个美丽的小岛原是我国的一处战备基地，曾设有海南行政区和海南黎族苗族自治州，直到 1988 年才建省并成立经济特区。当年曾从全国各地抽调干部去支援，辽宁省也派出了不少，沈阳、抚顺、铁岭、本溪等市都有干部调去。接下来的日子，这些来自祖国各地的优秀干部，就在那片土地上勤奋耕耘，逐渐使它的声名享誉国际。

时至 2018 年，国家已决定支持海南全岛建设自由贸易试验区。海南省委、省政府由此设立了海口江东新区，使之成为建设中国（海南）自由贸易试验区的重点先行区域。海南的明天，由此将更加令人期待。

海南的著名城市颇为繁多，既有国际化的养生基地三亚，又有博鳌亚洲论坛永久性会址的琼海。作为黎族自治县的昌江也是其一，这个县虽然不大，却令人难忘。

昌江地处海南省西部，位于五指山余脉的西北侧，地貌复杂，大致可分为山地、台地、丘陵地、谷地、平原阶地、沙滩六个类型。土壤类型颇为丰富，有黄壤、红壤、砖红壤、水稻土、滨海沙土等，适合多种农作物的生长，尤其是水稻。不过由于地形的限制，这个县域难以形成大片的连绵稻田，而只能将稻子栽植在梯田里，这一块那一块的，又大多块块交错。

这就于无形中酿就了一种十分别致的地貌，至少在东北人看来是相当新颖的。每当春天栽稻的时节，则还有必要将其称之为风景了，因为此时木棉花已经参与了进来。

木棉是昌江县的一种天然树种，不栽自茂，以至于哪儿哪儿都长，随处可见。这种树开红花，且是大朵大朵的那种，花瓣肉透透的，红得透彻。当一株株高俊的木棉，顶着满树红艳艳的花朵，优雅地错落在绿油油的梯式稻田里，也就使昌江的春天绚烂得别有韵味了，称其为风景其实已经是很克制了。

昌江的木棉，能让人不由自主地想起舒婷的那首《致橡树》，时光似乎也会随着这首朦胧诗的韵律，悠悠地返回到那个青涩的年代——

我如果爱你……

我必须是你近旁的一株木棉

作为树的形象和你站在一起

根，紧握在地下
叶，相触在云里
每一阵风过，我们都互相致意
但没有人，听懂我们的言语……

| 海南昌江梯田 |

扬州
三月

徜徉在烟花三月的扬州，每个人的视线都会更加饱满，心境也将更加通透。

如果想领略草木的颜色，窃以为扬州是最佳的选择。

时间在三月。

三月里的扬州，几乎每一寸裸露的土地都呈现着草木的颜色，且是世间顶纯粹的那种，纯粹的绿，纯粹的红，纯粹的黄艳与粉嫩。扬州的一草一木一枝一叶，对色彩的诠释都更加犀利，且完全不遗余力。扬州的草木，也就在春天酝酿了一场色彩的大戏，还邀约了山山水水全部上场，最终使天空与大地也都着了色。

诗仙李白的那句千古名句"烟花三月下扬州"，其中的"烟花"二字对扬州而言，想来远非漫天飞舞的杨柳花絮所能涵盖，定然还捎带了那似花非花如烟若雾的天地间的氤氲。而这样的氤氲氛围在瘦西湖、茱萸湾、个园、大明寺、何园等地，无处不在，无处不精。李白领略了，他的挚友孟浩然也领略了，并引带着后世的无数才子佳人都相继领略了，直到如今。

如今仍不能止。

扬州对世人所产生的吸引力，绝对跟这句诗脱不了干系。

这句诗在千百年中所焕发的魅力，也绝对跟草木的颜色息息相关。

徜徉在烟花三月的扬州，每个人的视线都会更加饱满，心境也将更加通透。

| 江苏扬州 |

| 江苏扬州 |

伊春
大平台

黑龙江省伊春大平台的春天是神奇的，奇在层叠的石头堆里绽放着繁茂的杜鹃花。

那还不是普通的石头，而是古老的火山岩，就连此处的"古老"也非同寻常，而是需以"亿年"为单位的那种老。

杜鹃花则是年年焕新的落叶灌木。

"旧貌""新颜"就这么神奇地组合在了一起，已不知年复一年地在那儿循环了多少年的多少个春天。

古老的岩石上还裹着苔藓，厚而又厚的，密密实实，有寻常的绿色，也有不寻常的黄色、蓝色、深红色，堪称五彩斑斓。杜鹃花就扎根在石头缝里，或者说是在苔藓堆里，一株株，一丛丛，一片片，举目望去，宛如一簇簇紫色的火焰，在那裸露或半裸露的莽莽苍苍的岩里堆里腾闪跳跃。这样的春天的形象，就像极了一幅泼墨画，淋漓酣畅，纵情恣意。

当地人管杜鹃花叫"达子香"。

作为我国十大传统名花之一，杜鹃花的花语是"节制"。尽管它在那片古老的岩石上正开得绚烂，却依然觉得这样的花语对它而言十分妥帖。

黑龙江伊春

长海的
岛与桥

大连的长海县是东北唯一的海岛县，也是中国唯一的海岛边境县。

| 辽宁长海 |

这个县由若干个统称"长山群岛"的海岛组成，其中有居民的 18 个，多以近海养殖为主要产业，并在改革开放后迅速形成了"海洋岛渔场"。大长山岛和小长山岛，均坐落在这个著名的渔场当中，享有着"天然鱼乡"的美誉。两岛相距不足 1 海里，却也总需乘船才得沟通，若赶上天气不宜驶船，彼此的互动也就成了奢望。

不过，这说的是以前了。

早在 2010 年 10 月，横跨长山海峡，以连接大、小长山岛的长山大桥，就得以顺利施工，至 2013 年 11 月成功合龙，于 2014 年 7 月正式通车。这是东北地区第一座真正意义上的跨海大桥，也是目前全国最大跨径预应力混凝土矮塔斜拉桥，全长 3.38 公里，双向四车道。

作为大连市及辽宁省的重点交通工程项目，长山大桥"一桥架两岛"，进而使"两岛变一岛"，在方便两岛居民生产生活的同时，也对提升长山群岛的城市化水平发挥了重要作用，对巩固国防建设也具有着重要意义。

见过了这座桥，便能对中国工匠之精神领略一二。

辽宁长海

盘锦的
稻田

稻田早已成了盘锦的主体地貌，既彰显着这个城市的湿地风范，也折射着几代人曾经的付出。

盘锦是个"养人"的地方，大家都这么认为。这么认为的重要缘由，就是因为水陆边缘的地理位置使盘锦物产既有特色，又相对丰富。啥叫物产呢？科学的解释是天然出产和人工制造的物品，不过在人们的印象里，则通常会以一个地区土生土长的东西来定义，它必然在这个地区已经存在了足够长的时间。

时下看来，首屈一指的盘锦物产或许要指向稻米了，一来它与人们日常生活的关系最为密切，二来它也属实在这片大湿地上经历了许久的时光，至少有一个世纪那么久了。一个世纪对其他内陆地区而言自然不算啥，对这片退海之地来说则已经很久远了。

这片湿地对水稻的试种始自清代末年，有零星的，也有大面积的，但都因水土盐碱含量太高，而时人的技术又属实有限，并未能取得喜人的成功。到民国年间，张学良等人在田庄台成立了营田公司，以近7万亩土地开始了水稻的大规模种植，此时技术和人力都已有了大幅度提升，秋天的收获也就可以期待，虽与现今的产量无法相提并论，单位面积的土地收益却也远远超出了旱作。可惜这种耕种模式的改良只进行了三个年头，九一八事变就爆发了。

新中国成立之后，盘锦地区组建了"国营农场群"，其中的十几个农场均以稻作为核心，并陆续有转业官兵、"五七大军"和"知识青年"参与到建设中来，逐渐使这片土地的种植模式发生了本质的改观。

当时光移近20世纪90年代，水稻业已成为盘锦的核心农作物，传统耕作结构也已彻底转型。与此同时，"盘锦大米贼拉香，盘锦大米可劲造"的舆情舆论也已风传大江南北，受到了全国人民的普遍欣羡。然而这片土地的垦拓步伐并未就此打住，"辽河三角洲开发"又适时生发了，并在接下来的十年里奏响了又一曲嘹亮的湿地之歌。

坐落在辽河三角洲核心区的盘锦市大洼区，是"辽河三角洲开发"的龙头工程，率先于1989年1月8日吹响了开工的号角。对盘锦人来说，这一天也就成了一个特别值得铭记的日子，盘锦之所以能有"优质稻米基地""鱼米之乡"等美誉，"盘锦大米"之所以能获评"中国名牌产品""中国驰名商标"之殊荣，都与那一天的那一声号角密切相关。

如果说此前30年的拼搏多集中在"改土"上，那么这一声号角就是致力于"造地"的。这是这片湿地有史以来最大的一次"造地"运动，也

　　是目前为止的最后一次。辽宁的最后一块荒原由此得以利用，素有"南大荒"之称的盘锦也自此成了全国知名的"稻米之乡"。

　　时至今日，稻田早已成了盘锦的主体地貌，既彰显着这个城市的湿地风范，也折射着几代人曾经的付出。目睹水稻由绿变黄的过程，也就见证了春天途经夏天，再步入秋天的过程。想来在时间与色彩之间，一定存在着某种奇妙的关联，致使世间很多事物都会以色彩来表现时间的流逝，以及季节的更替。对盘锦而言，这种流逝与更替意味着丰收与富庶。

辽宁盘锦

昌图的苹果

昌图的明天会像金秋十月的苹果一样红彤彤。

昌图是辽宁最北部的县，素有辽宁的"粮仓"之喻，也是全国著名的农业大县。从新中国成立之日起，昌图的农作物就以玉米为主，早些年只要进入昌图境内，就会看见铺天盖地的玉米田，若是秋天，就到处都是玉米垛。如今基本上也是这个景象。

却也有不同，那就是在玉米田之外，还可见苹果林了。

苹果在辽宁，原本以盖县（今盖州市）为最北种植区，改革开放后就陆续地往北引种，并一直延伸到了昌图。过程中经历了果树嫁接及土壤改良等实验，虽说屡经波折，却也到底成功了。最初引种的品种是耐寒国光，一度出口俄罗斯，不过这种苹果皮厚肉硬，口感不大好，后来便改种了耐寒富士，简称"寒富"，果品和口感都达到了理想效果，苹果的种植便在这些年里形成了规模。所谓"一亩果十亩田"，这已成为带动当地农民增收致富的好项目。

"昌图"是蒙古语"常突额尔克"前两个音节的谐音，意为"绿色的大草原"或"水草丰美的地方"，相信昌图的明天会像金秋十月的苹果一样红彤彤。

| 昌图的苹果 |

黑山的
玉米

玉米带给人的感觉，也同样是暖融融的。

辽宁有多个以玉米为主要农作物的县份，昌图之外，还有开原、黑山等。黑山是锦州市下辖的一个农业县，也是全国商品粮基地县、国家绿色食品原料标准化生产基地县、全国畜牧业大县。它地处绕阳河下游，地势平缓，土质肥沃，有可耕地205万亩，粮食总产量基本年年超过12亿斤，稳居全省前两名。

这一成就的取得，就有玉米的大半功劳。实际上玉米始终是黑山种植面积最大的农作物，往往要达到全部播种面积的 80% 以上。

作为一种重要的粮食作物和饲料作物，玉米在全国的种植面积也是很大的，仅次于水稻和小麦，总产量就全球来说也是相当可观的，仅次于美国。这种作物虽然在我国只有不到 500 年的栽培史，却因适应性强而得到了迅速发展，辽宁也是我国玉米的主产区之一。

玉米是喜温作物，整个生长期都要求较高的温度。

玉米带给人的感觉，也同样是暖融融的。

| 辽宁黑山 |

锡林郭勒的
草场

锡林郭勒的优质天然草场面积达 18 万多平方公里，占整个内蒙古自治区的五分之一。

锡林郭勒是内蒙古自治区所辖盟，位于中国正北方，是国家重要的畜产品基地，也是西部大开发的前沿。这个地区的气候特点是风大、干旱、寒冷，寒冷期长达 7 个月，结冰期长达 5 个月。地貌以高原草场为主体，是我国距离京津地区最近的草原牧区，并以草场类型齐全、动植物种类繁多等特征，成为世界驰名的四大草原之一，境内有国家级草原自然保护区，也是我国唯一被联合国教科文组织纳入国际生物圈监测体系的草原自然保护区。

锡林郭勒的优质天然草场面积达 18 万多平方公里，占整个内蒙古自治区的五分之一，草食家畜的拥有量也位居全国地区级首位，尤以内蒙古细毛羊、苏尼特羊、锡林郭勒马、乌珠穆沁羊、乌珠穆沁白绒山羊、乌珠穆沁牛、草原红牛和苏尼特驼最为知名。其中的苏尼特羊、乌珠穆沁羊，还以优异的肉质享誉中东国家，年出口数十万只，并使锡林郭勒获得了"畜牧业王国"之称。此外，皮张、绒毛、奶类的年产量，也都相当可观。

游走于锡林郭勒草场，总能对中国的"地大物博"生出更深一层的体会。

内蒙古锡林郭勒

| 内蒙古锡林郭勒 |

哈萨克牧民的
"转场"

哈萨克牧民的"转场"：每一次转场，都是一场声势浩大的迁徙。

　　这是秋天的画面，也是秋天的故事。故事发生在新疆塔城地区，主人公是不知名的哈萨克牧民。

　　哈萨克族是一个逐水草而居的民族，因为他们多是牧民，他们牧养的牲畜长年都需要水草，而水草会随季节的变换或冰冻或枯萎，于是在季节交替之际，他们就要适时地更换牧场。这种习俗已被哈萨克牧民延续了千百年，千百年中他们追逐着相对丰美的草场，实际上也在追逐着相对温暖的时节。这种更换牧场之举，就俗称为"转场"。

新疆哈萨克牧民转场

◎ 第二部分　丰饶四季

| 新疆哈萨克牧民转场 |

每一次"转场"，都是一场声势浩大的迁徙。尽管牧道大多依旧，却也总需在戈壁荒漠和谷底山丘之间付出常人难以想象的辛劳。倘若常人能亲眼见一见转场的场景，想来个个都会彻底打消以往对游牧生活的浪漫遐想。

毡房拔起来了，搭在了骆驼身上。

粮食收起来了，搭在了骆驼身上。

衣服被褥锅碗瓢盆也都收起来了，也都搭在了骆驼身上。

十几只骆驼，每一只都是满载的。

全部拾掇好了，牧民就腾身跃上马背，扬鞭一声呼喝，十几万甚至

数以万计的牲畜便缓缓地移动了，开始了一场令人震撼的"生命大迁徙"。

途中的境遇不可预估，或许秋阳高照，也或许风雪侵途；或许同行的妻子儿女都安安康康，也或许会有点小病小痛。无论怎样，人畜困顿都是必然的。

事情的好处在于，那个被他们称为"冬窝子"的目的地，还有着茵茵的绿草，且不会被厚雪覆盖，这使他们跋涉的每一步都含蕴着饱满的希望，足以助他们抵御一切艰辛困苦。

雾凇岛的
树挂

以树挂的频密和规模著称的雾凇岛，成了东北地区挺高级的一个旅游目的地。

| 吉林雾凇岛 |

早年乡间的冬季，是经常有树挂的，一走一过地碰碰树枝，就扑簌簌落下来一大片。那时候也觉得这树挂挺好看，却从没想过那跟自然奇观有啥瓜葛。

当这种瓜葛产生的时候，树挂已多被称为"雾凇"了。

松花江畔的雾凇岛，如今已成为一方旅游胜地，颇为吉林省取得了很多的经济效益，外带良好的社会效益。谁能想到，早年很多人都看惯了的"树挂"，若干年后竟能以"雾凇"之名，令无数人为之倾倒呢?

"雾凇"是气象学上的叫法，属专业名词。专业名词一旦被应用到日常生活，它所指涉的事物也就紧跟着高级了。

高级的另一个来源，是罕见。

事实也正是如此。

如今的树挂已不再常见，乡间难寻，街里更难寻。以树挂的频密和规模著称的雾凇岛，也就成了东北地区挺高级的一个旅游目的地。那是松花江上的一座小岛，地势相对略低，又被江水环抱，使冷热空气在此相会交融，以至于冬季里几乎天天都有树挂，挂满连绵的松柳的枝杈，将那个小岛雕琢得晶莹剔透。这景象，很像传统的冬天。

随着岁月的流逝，早年间人们见惯、吃惯的很多东西，眼下看起来都已成了好的、优秀的，且越来越显珍贵了，比如不含植脂末的糕点，不是转基因的玉米……经济在发展，社会在前进，这个世间的很多人，却已在回头，一边张望，一边留恋。并非要走回头路，而是想看一看自己在前进的路途中，是否弄丢了什么。

亚布力的
冰雪

亚布力以滑雪胜地著称全国，它的滑雪场为世界十大之一，也是亚洲最大的。

相传 19 世纪末，修建中东铁路的时候，亚布力的劳工都栖身在一个临时搭建的大棚里，大棚在铁路之北，那个地方也就被称为了"北大棚"。

后来，一个沙俄工头在附近的山上发现了野生苹果树，还毗连成片挺壮观，就将那个地方改称为了"亚布洛尼"。这是俄语的音译，意为"苹果园"。

再后来，这个名字就渐渐演化为"亚布力"了。

如今的亚布力是个小镇，隶属黑龙江省尚志市。这个小镇盛产水稻、黄烟、白瓜籽、豆角籽，黄烟尤其出名，早年一度是关东烟的翘楚，很多上了年纪的辽宁人也都专抽这烟。

进入 21 世纪之后，亚布力就以滑雪胜地而著称全国了，它的滑雪场为世界十大之一，也是亚洲最大的。因滑雪场而兴起的旅游业也如日中天，真正将冰雪经济推向了极致。

| 黑龙江亚布力 |

第 三 部 分
锦绣河山

本溪
枫叶

枫叶是本溪山水的特色代表。

辽东一向是辽宁的青山绿水的典范，本溪也一向是辽东的青山绿水的典型。枫叶则是本溪山水的特色代表。

枫叶就是枫树的叶子。枫树泛指那些秋叶呈红色或紫红色的树种。在本溪，多是指槭树，其品种很多，多达 12 种，有木槭、假色槭、柠劲槭等，模样应该略有不同，非专业人士却也是完全分不清的。好在非专业的大多数人，心下向往以及视线渴望的，都是它们的相同之处，即火红的秋叶。

| 辽宁本溪 |

那是本溪每年九月至十月的胜景，也年年不负世人所望。

关门山、大石湖、洋湖沟等地带，届时都是红叶满谷，碎红撼枝。近看，会发现每一片叶子都舒舒展展，红彤彤，宛如女孩儿羞红的脸蛋儿，或者在脸蛋儿上细细地涂了胭脂，总之是跟女孩儿和她们的脸蛋儿有关。

在这漫山的红色当中，往往还间错着松树的深绿、柞树的明黄。这三种绚烂的颜色合着伙地布满山峦，还倒映湖中，直弄得天上地下斑斓一片，浑然一体。

这样的时候，人们的视线就只能追随着那错落的色彩，随着它弯弯绕绕地向上，向上，再向上，完全停不下来，也不忍停下来。然后，还会在那火样的色泽里，感受到水样的优雅，并在这优雅当中，重新思考一下"风景"的定义。想那"中国枫叶之都"的美誉，赞的不只是本溪，应该还包含着对辽宁的青山绿水的由衷肯定。

辽宁本溪

绥中
明长城

当年，辽东镇长城是极其重要的，素有"九边之首"之誉。

　　长城是中国最辉煌的历史遗留，从春秋战国始修，至清朝时止，伴随着中国 2000 多年的封建社会进程。明代作为长城修筑史上的最后一个朝代，先后对其进行了 18 次大规模修筑，在建筑工程技术和防御设备方面，都达到了灿烂顶点。而今长城的军事职能已成史迹，却依然以自己沉默的遗存，向后人展示着曾经的故事。

　　明代长城由九镇组成。辽宁省境的明长城包括辽东镇长城的全部和蓟镇长城的一小部分。辽东镇长城也就是史称的"辽东边墙"，东起宽甸虎山，西至绥中锥子山，图片即是拍摄于绥中县境的锥子山长城。这段长城现存石墙 1928 米，均是以自然山体为基础，再用大块毛石错缝垒砌而成，外墙以白灰勾缝，中间以碎石填充，并在墙体顶部垒砌了垛口。

　　很多的垛口都已缺了角，那个楼门也已残了体，古老的长城被岁月的风沙侵蚀得满目疮痍，伤痕累累，满围着被风沙啃噬得体态斑驳的砖石，幽幽地固守着曾经的无限雄风。而此时此刻，天空正透明，没有炽热的阳光；心怀正展开，没有慵懒的睡意。刚好趁着那微蒙的小雨，大张了眼睛，去阅览远山近水、古迹旧址。

| 辽宁绥中 |

　　六月的北方山野，已醉得一塌糊涂。绚烂的梨花、杜鹃花、迎春花，开满了每一寸山坡，迎和着清脆的鸟鸣，激活了每一缕天光。夕阳里，沧桑的长城从陡峭的山峰上飞泻而下，跳过已然干涸的河道，又爬上对面的山脊，然后，静静地蜿蜒远逝。

　　当年，辽东镇长城是极其重要的，素有"九边之首"之誉。如今望着这历经数百年风雨仍顽强屹立的城墙，似乎昔日的艰辛与精神仍可感知。

辽宁绥中

镜泊湖与
兴凯湖

随着旅游业的兴起，镜泊湖、兴凯湖等水体也迅速捕获了不小的声名。

黑龙江省的大江大河很多，闻名全国的就至少有三条，即黑龙江、松花江、乌苏里江。此外嫩江、绥芬河、牡丹江的知名度也不小。改革开放以后，随着旅游业的兴起，镜泊湖、兴凯湖等水体也迅速捕获了不小的声名。

| 黑龙江兴凯湖 |

因其水质澄清照人如镜，便得名"镜泊湖"。

镜泊湖位于黑龙江省宁安市，地处松花江支流牡丹江的干流上。注入湖泊的河流除牡丹江干流外，还有大梨树沟河、尔站西沟河等小型河流。湖水平均深度40米，湖略呈S形，东北流向，流至北湖头张家亮子北，再向东北泻出注入瀑布深潭。

此潭在满语中被称为"发库"，意为"海眼"。

湖水经此重新注入牡丹江。出口处，是玄武岩构成的陡峻峭壁，使得湖水只能冲泻而下，"吊水楼"瀑布由此形成，落差20多米，宽30多米。

| 黑龙江镜泊湖 |

吊水楼的水，似珠链，呈银色。

兴凯湖在唐代称"湄沱湖"，以盛产鲫鱼著称一时。又因其湖形如月琴，故于金代又有了"北琴海"之谓。此湖原为中国内湖，在1860年中俄《北京条约》签订之后，始成中俄界湖，北部三分之一的面积属中国，余者属俄罗斯。

这是一个浅水湖，湖水最深处仅10米。

与镜泊湖迥然不同的是，兴凯湖多沼泽，湖水混浊，透明度仅60厘米左右。无论"水至清则无鱼"之说假与不假，混浊的兴凯湖富产鱼类都是千真万确的。湖中共有鱼类65种，尤以大白鱼最为著名，几乎每条都在5斤以上，且肉嫩味鲜，已被列为我国四大淡水名鱼之一。实际上兴凯湖也是黑龙江省的重要水产养殖基地之一。

"兴凯"是满语，意为"水耗子"，或许当年的湖中水鼠很多吧。

兴凯湖不仅物产丰富，而且还有大面积的湿地，现已被拉姆尔国际湿地公约组织列入了《国际重要湿地名录》。20世纪50年代，王震将军曾率十万官兵在此开荒种地，初步改变了此区域的历史容颜，为将"北大荒"打造成"大粮仓"奠定了坚实的基础。

1986年，黑龙江省政府在兴凯湖建立了省级自然保护区。1994年，又将其列为"爱国主义教育基地"，同年晋升为国家级自然保护区。2005年，兴凯湖被批准为国家地质公园。2008年，兴凯湖国家级自然保护区成为世界生物圈保护区的新成员。

兴凯湖生态之大美，已为全世界所共知。

长白山
天池

大自然的鬼斧神工，以天池表现得最为极致，至少是大自然的极致作品之一。

东北三省都有名山。辽宁以医巫闾山、千山最为知名，黑龙江的大兴安岭也是中国第八大山脉，吉林的长白山更是闻名全球。人们常常用来表述东北大地的"白山黑水"一词，其中的"白山"就是指长白山，"黑水"是指黑龙江。这些有史有名的大山，加上底蕴深厚的大江大河，真是让人不能不对东北又着迷又眷恋。

长白山属实是条白色的山脉，尤其它的主峰白云峰，本身就是白色的浮石，再加上白色的积雪，常年都是座"白山"，"长白山"之名，应该也因此而得。作为东北最高的山地，长白山坐落在吉林省的东南部，位于中朝两国的边境之上。

据说长白山是一座休眠的火山，并由此拥有了相对独特的地理构造，这使它既有奇特的山峰、茂密的森林，又有奇异的火山地貌、珍贵的飞禽走兽，是欧亚大陆北半部最具有代表性的典型自然综合体，最能展现地球的原始样貌，相当于一座最纯粹的自然博物馆。

吉林长白山天池

也因此，长白山成了一座富庶的山，坐拥着世界少有的"物种基因库"，其中高等植物有 1800 多种，兽类有 50 多种，鸟类有 280 多种，鱼类有 50 多种，昆虫有 1000 多种。借此建立的长白山保护区，也成了中国最大的自然保护区，极具科研价值。早在 1980 年，就已被列为联合国教科文组织"人与生物圈"，自此成了整个人类的一块瑰宝。

处处都蕴藏着无尽宝藏的长白山，也就美轮美奂，且美得理直气壮。

其中之最，或许就当数长白山天池了。

天池位于长白山主峰白云峰的火山锥体的顶部。科研结果表明，它原是一座火山口，后来在漫长的时光中滴水成湖，最终鬼斧神工般地造就成为中国最高、最大的高山湖泊，呈现着极其优美的椭圆形。不仅如此，它还成了东北三条大江，即松花江、鸭绿江、图们江的发源地。天池为东北人民所造就的福利，由此也难以估量了。

依然是水，依然水质澄清照人如镜。

不过此水在天上，名曰"天池"。

说在"天上"也并不夸张，因为天池水面海拔 2189 米。

"海拔"是个地理学名词，意指地表的某个地点高出海平面的垂直距离。海拔 2189 米是个什么概念呢？或许跟建筑物做个比对，能让人产生点感性认识。目前辽宁的最高建筑，是沈阳市沈河区的市府恒隆广场，高 385 米；目前中国的最高建筑，是上海中心大厦，高 632 米；目前全世界的最高建筑，是迪拜的哈利法塔，高 828 米。

天池位于长白山，略呈椭圆形，且被 16 座山峰紧密环绕，这使它颇像被众星捧着的月亮，也像镶嵌起来的碧玉。其中的两峰之间，有一道狭窄的出口，天池的湖水由此溢出，飞流直下，并成为松花江的正源。

神奇的天池不仅高，还深，最大水深 373 米，平均水深 204 米。

大自然的鬼斧神工，以天池表现得最为极致，至少是大自然的极致作品之一。

库布其的驼铃和彩虹

库布其沙漠中的一声声驼铃，一道道彩虹，都道出了一代代库布其人谋求"天人合一"，以及与大自然"和谐共生"的美好心曲。

| 内蒙古库布其 |

"库布其"是蒙古语的音译，意指"弓上的弦"，这也恰当描述了它的形状。它坐落于内蒙古自治区鄂尔多斯市的北部，横卧在黄河的"几"字湾里，湾里的宽度约为60公里。接下来却骤然紧缩，致使其中部与东部的平均宽度仅为10公里。东西长约400公里的库布其沙漠，由此像极了一张弓，邻着黄河的北面像弓臂，南面像弓弦。

　　更妙的是，库布其中东段的沙漠里，还排布着10条孔兑（蒙语，意指"季节性河流"），也条条都是黄河的一级支流，由南往北直灌黄河，这使它们也像极了一支支灵动的箭羽，搭在"弓弦"上，直指"弓臂"之北的连绵起伏的阴山山脉。

　　这一切，显然都是大自然奇绝的部署，并激发了世人美妙的想象。

　　库布其沙漠不仅与黄河唇齿相依，而且也是距离北京最近的沙漠。库布其沙漠的生态状况，也就直接关乎到了中华民族的"母亲河"的安澜，以及首都的安康。也正因此，库布其人早在新中国成立之初，就开始了对这片沙漠的治理，持久而又竭尽全力。

　　时至今日，库布其人已以自身的成功实践，郑重向全世界证明，被喻为"地球的癌症"的沙漠，是可治愈的。历经70年的不断探索和不懈奋斗，库布其人终于走出了一条生态与经济并重、治沙与治穷共赢的防治荒漠化的道路，不仅成功为库布其沙漠披了一身绿油油的衣裳，而且为世界提供了一份可靠又可复制的生态修复样本。

　　饱经沙漠之患的库布其人，在成就伟业的过程中，还有意保留了几块原生态的沙漠，一来留着为后人所识，二来也留下了一项难得的旅游资源。随着"库布其"之名在国际范围内的日益闻名，这两个用意都得到了完好的实践。

　　库布其沙漠中的一声声驼铃，一道道彩虹，都道出了一代代库布其人谋求"天人合一"，以及与大自然"和谐共生"的美好心曲。

阿尔山

森林、天池、温泉、火山、峡谷、草原、小溪、山泉等诸多地形地貌，在阿尔山一应俱全。

　　"阿尔山"是蒙古语的音译，意为"圣水"或"神泉"。这是中国人口最少的一个城市，全市只有 3 个街道、4 个镇，截至 2015 年底，总人口尚不足 5 万人。

　　阿尔山隶属内蒙古自治区兴安盟，位于盟境西北端，大兴安岭山脊的中段，被呼伦贝尔、锡林郭勒、科尔沁、蒙古四大草原所环抱，西部与蒙古国接壤。虽僻居一隅，却也因此偏得了许多得天独厚的自然美景，几乎囊括了世间所有的壮美景致。

　　阿尔山是全国人均森林覆盖面积最高的城市，而且所有的林木均属自然生长，每一株还都蓬勃蓊郁。这不仅优化了这个地区的空气，而且使它的春天呈现了极致葱茏的气象，夏天也远离了暑热的烦扰。

　　阿尔山还有几个大小不等的天池，其中最美的那个被公认为是驼峰岭天池。这里也像长白山天池一样，是在火山喷发之后，于火山口积水形成的一处高位湖泊，也同样的水质澄清照人如镜。俗话说"水至清则无鱼"，此处天池之中也果然许多年找不到生物的迹象。不过它却充满了神奇，此湖的湖面颇似一枚标致的成人左脚掌，湖水不似长白山天池那般湛蓝，而是碧绿如玉，且遇雨不涨，逢旱不枯，许多年来都是如此。

森林、天池、温泉、火山、峡谷、草原、小溪、山泉等诸多地形地貌，在阿尔山一应俱全，这使它的一年四季几乎季季都会排布开一场视觉的盛宴，奏响一曲壮美的交响乐章。天地之大美，在此即可一一领略。

额济纳的
大漠胡杨

它通常生长在沙漠之中，具有耐旱耐涝耐严寒、耐盐耐碱抗风沙的非凡属性。

额济纳旗是内蒙古自治区阿拉善盟的一个旗，位于区境最西端，地处巴丹吉林沙漠，沙漠占辖区总面积的 15% 以上。沙枣、红柳、梭梭、苁蓉、麻黄、甘草等沙生植物颇多生长，尤其是胡杨，繁茂成林，占地 3 万公顷，是目前全球仅存的三处胡杨林区之一。

胡杨有"胡桐""水桐""三叶树""异叶杨"等多种称谓，蒙古语则称其为"陶来"。它通常生长在沙漠之中，具有耐旱耐涝耐严寒、耐盐耐碱抗风沙的非凡属性，且至少已拥有 6500 万年的生命史，一直被学术界视为活的植物化石，已被列为国家二级保护植物。

在乔木当中，胡杨始终被视为大美的那种，这主要归因于它的叶子。幼年的胡杨，叶子是极狭的，狭长如柳，这使它能把有限的养料和水分都投入到根系中去，确保自己能在极旱的荒漠区获得如期的成长。待渐渐长大长高，粗壮的老枝才会生出圆润如杨的阔大叶片来，或许直到这时，它才对生命有了相当的把握。

尤为令人惊叹的是，每到秋天，胡杨的叶子都会由绿变黄，且是明灿灿的金黄，一丛丛，一树树，在干燥的风中婆娑起舞，映衬着湛蓝的天空和纯洁的云朵，天地之间的万物，便都因为它的大美而统统大美起来。

　　能以金黄的秋叶奏响一曲大美交响乐的，除了胡杨，还有银杏。银杏也是备受赞誉的一种树，却仍不及胡杨所受到的那么隆重。想来这与那句几乎人人耳熟能详的话有关："生而不死一千年，死而不倒一千年，倒而不朽一千年，三千年的胡杨，一亿年的历史。"胡杨所拥有的这种精神，显然是银杏并不具备的，尽管这种精神多半也是人们一厢情愿的赋予，寄托着人们美好的浪漫遐想。科学来说，胡杨的生命通常只有 200 年。

　　不过，据说楼兰、尼雅等沙漠古城的建材，大多都是胡杨。那也就意味着，这些被用作建材的胡杨，已至少经历了 1500 年以上的时光了，而它们至今保存完好。

内蒙古额济纳旗

格尔木的
高原胡杨

格尔木境内保存着一片胡杨林，是世界上海拔最高的胡杨林了。

胡杨的大美，还含带着很大的悲壮成分。这悲壮的来源，在于它纵然在生命结束之后，也仍能成为一道风景，而这道风景带给世人的震撼力，还更甚于它的生前。或许正因如此，才人人都甘愿深信它的三千年之说。

这张片子拍摄于格尔木。

"格尔木"是蒙古语的音译，意为河流密集的地方。它是隶属于青海省海西蒙古族藏族自治州的一个副地级市，地处青海省西部、青藏高原腹地。虽然高居雪峰连绵又冰川广布的世界屋脊，格尔木境内却也保存着一片胡杨林，是世界上海拔最高的胡杨林了。不过其规模远不及额济纳的，面积只有113公顷。

听说这片胡杨林曾经也是颇具规模的，一度繁胜地绵延了数十里，后遭大量砍伐，才变得稀稀拉拉了。想来还会再度茂盛起来的，因为这个区域已于2000年被认定为省级自然保护区，这无疑会使胡杨获得相对安全的生存环境。况且胡杨的生命力是极其顽强的，几乎在任意一个被砍伐或被焚毁的胡杨老根处，都能寻觅到正在重新萌生的新芽，倔而又倔地寻着生机。

在荒漠和沙地之上，胡杨是唯一一种能够天然成林的树种。

愿天下人，都肯善待它。

| 青海格尔木 |

新疆
魔鬼城

地表满是形状诡异的沙包土丘，大风呼啸而来，发出鬼哭狼嚎般的低沉呜咽，使人仿佛置身于无望的鬼城魔窟。

魔鬼城又称"乌尔禾风城"，位于准噶尔盆地西北边缘的佳木河下游乌尔禾矿区，是典型的雅丹地貌区域。"雅丹"是维吾尔语的音译，意为"陡峭的小丘"，是指在干旱、大风的环境下所形成的一种奇特的风蚀地貌。地质学上将这种地貌称为"戈壁台地"。

这种地貌所呈现的，是一种铺天盖地的荒凉奇景，地表满是形状诡异的沙包土丘，高矮错落，绵延无际。当大风呼啸而来，还会发出鬼哭狼嚎般的低沉呜咽，使人仿佛置身于无望的鬼城魔窟。"魔鬼城"之名即由此而来。

大自然的鬼斧神工，总会超出世人的想象。

世人的想象，往往也会赋予大自然的造化以更为丰富的内涵。

新疆克拉玛依魔鬼城

黄河及
壶口瀑布

"壶口瀑布"是黄河的第一大瀑布，也是中国的第二大瀑布。

在河流与山脉之间，应该也存在着一种奇妙的关联，因为河流似乎全都发源于山脉。古老的黄河也是如此，源起于雪峰连绵的莽莽昆仑。在接下来的旅途中，它纳冰川，汇溪流，以越来越壮大的声势，浩浩荡荡地奔到了塞上，并在内蒙古托克托县与山西偏关县的接壤之地，来了个突兀又漂亮的大转弯，使原本向东的水流转而向南，在莽莽的黄土高原上一路奔腾而去，还将那高原冲开了一道阔大的峡谷。这条峡谷，就是著名的"秦晋峡谷"。

黄河在秦晋峡谷中呼啸而来，当抵至陕西省宜川县壶口乡境内时，赫然遭遇了仅有 50 米宽的"壶口"，因两岸皆是陡岩峭壁，宽阔的河道便只能于瞬间紧收成一束，然后以更加迅猛的流势，从"壶口"一泻而出，并齐刷刷跌入 60 米的深谷当中。

"壶口瀑布"由此而生。

人们的共识是，"壶口瀑布"是黄河的第一大瀑布，也是中国的第二大瀑布，其声势仅次于黄果树瀑布。如果说"壶口瀑布"本身就是一道奇观，那么横亘在"壶口瀑布"上的彩虹，就堪称奇观中的奇观，是大自然之神奇造化的精湛典范，也是孟浩然那句"香炉初上日，瀑水喷成虹"的又一个现实写照。

| 山西吉县黄河 |

| 山西吉县壶口瀑布 |

介休
绵山

介休是山西省的一个县级市，汾河横过其境北，绵山屹立其境南。

绵山也称"介山"，是中国寒食节的发源地。

这事跟"割股啖君"的介子推有关。

在2000多年前的春秋战国时期，晋国公子重耳为避祸乱而流亡他方，介子推始终追随其左右，甚至曾割取自己腿上的肉给重耳充饥。19年后，重耳终于还国为君，史称"晋文公"。介子推则功成身退，与母亲归隐绵山。

晋文公屡邀其出山而不得，情急之中便下令烧山。

不承想介子推宁肯被山火烧死也决不出山。

晋文公感念其忠其志，便将介子推葬于绵山，并修庙立祠，还下令在介子推死难之日禁止点火起灶，以寄哀思。绵山亦从此有了"介山"之谓，原名"阳县"的绵山所在地也被改称了"介休县"，直叫到今日。

今日，寒食节仍是山西民间的一个重要节日，通常在清明前一天。

靖边统万城
与波浪谷

陕西靖边是个古蕴深厚的县，境内的统万城遗址已有 1600 多年的历史。

那是五胡十六国时期，匈奴人创建的"大夏"国的国都遗址，竣工于 418 年，亦称"赫连城"。也是匈奴在漫漫历史长河中遗留下来的唯一一处建筑，目前已被列入国家重点文物保护单位名录。

| 陕西靖边 |

靖边县还拥有着罕见的丹霞地貌，是一处由红色的岩石构成的奇异地貌。这种红砂岩学名"砒砂岩"，形成于古生代二叠纪和中生代三叠纪、侏罗纪、白垩纪之间，那是地球历史上地质最活跃、生物最繁茂、动物最庞大的一个时代。

由于这些红砂岩还呈现着波浪似的纹路，宛若时光的年轮，这处奇异的地貌也就被俗称为"波浪谷"。事实上波浪谷所呈现给世人的，也正是无数的砂岩经由风、水、时间历时数百万年的恒久雕琢，而成就的一个神奇世界，而且这种雕琢至今也没有停止。

远观波浪谷，宛如一堆喷涌的红色岩浆，虽已巍然不动，却似乎仍在流淌。

如知当岩石吸纳了浩瀚的时光，岩石就不再是岩石了，而成了时间的洪流。

陕西靖边统万城

张家界
山林

张家界显然早与乡村脱了钩，成了知名度、美誉度双双拔高的旅游目的地。

"张家界"之名，显然带着点乡村气质，就跟"石家庄"似的。张家界却又显然早与乡村脱了钩，成了知名度、美誉度双双拔高的旅游目的地。这也跟石家庄似的，早以冀省省会尤其是"京畿之地"的身份跻身于现代都市之列了。实际上自新中国成立之日起，时光的流逝对很多城市及地区而言，都已意味着日新月异的灿然巨变了。

有一个说法是，作为一个地名，"张家界"最早见于编撰于明崇祯四年（1631）的《张氏族谱》。这本族谱的序言中说，如今的张家界国家森林公园一带的"山林之地"，原为明廷对张家先人论功行赏的世袭领地，张家人也世代在此守业经营，并因此得名"张家界"。

1958 年，国家在此区域成立了国营林场，林场亦名"张家界"。

1978 年，张家界林场最早拉开了湖南旅游业的帷幕，并迅速获得了世人的青睐。

1994 年，原名"大庸市"的张家界所在地，也更名为"张家界市"，并在接下来的这些年中，彻底改写了自己在中国城市群中的位置及性质，成了中国著名的旅游城市之一。

这显然是张家界所坐拥的山水与山林的莫大功绩。

| 湖南张家界 |

贵州瀑布

人人都向往着瀑布，尤其是黄果树瀑布。

瀑布一向是优质的旅游资源之一。至于缘何如此，则世人罕有所思。此刻想了想，也仍觉不明所以。

贵州安顺黄果树

| 贵州荔波 |

　　或许，那种"飞流直下三千尺"的气势所给予人的震撼，是其原因之一。

　　也或许，那种"穿天透地不辞劳"的坚韧，"雷奔入江不暂歇"的执着，"遥看瀑布挂前川"的舒朗，以及"大珠小珠落玉盘"似的清脆急骤的跌落，也都是一个因素。

　　无论如何，人人都向往着瀑布，尤其是黄果树瀑布。

　　早在电视连续剧《西游记》火爆中国的时候，黄果树瀑布就也紧跟着火了，几乎全国人民都想目睹水帘洞的风采。这样的愿望也同时激活了人们儿时学过的那个成语"黔驴技穷"，并由此确定传说中的黄果树及其水帘洞，就在那个简称为"黔"的贵州省。

　　很多人对贵州省的认识及兴趣，就是这么开始的。

　　贵州省也属实是个美丽的所在，它的地貌以高原山地居多，素有"八山一水一分田"之说，是中国唯一一个没有平原支撑的省份。然而它的水却当真美妙，并借助于得天独厚的重峦叠嶂，形成了众多闻名遐迩的瀑布，在"中华第一瀑"黄果树瀑布之外，荔波的瀑布也同样享有盛誉。实际上早在 1999 年，贵州省就已获评为世界上最大的瀑布群所在地了。

观黄果树瀑布，圆儿时之梦。

这也是世间诸多的圆满之一种。

◎ 第三部分　锦绣河山

黄山松

黄山素以奇松、怪石、云海、温泉这"四绝"著称于世,似乎近年还加了个"冬雪",那么便是要成为"五绝"了。

安徽黄山

其实黄山到处都是风景。

黄山千峰竞秀，万壑峥嵘，有名可指的就有七十二山峰，几乎峰峰拔地及天，气势磅礴，不仅令人百看不厌，且但凡看过就不敢轻易相忘。那句国人熟知的老话"五岳归来不看山，黄山归来不看岳"，应该就是以此为来由的。

黄山虽雄伟瑰丽至此，古时却因交通闭塞而"藏在深闺人未识"，直到唐宋时期才渐被世人所知。相知虽迟，却一发而不可收，尤其令无数才俊墨客为之沉醉不已。曾有细心人统计过，从盛唐到晚清，讴歌黄山的诗词就达2万首之多，包括李白、贾岛、范成大等顶尖级大师，都为黄山谱写过大美的诗篇。

散文也是一样的璀璨，徐霞客、袁牧、叶圣陶、丰子恺等人，都曾激情洋溢地为黄山谱写过篇章，相继留下了《游黄山日记》《游黄山记》《黄山三天》《上天都》等大美篇章。

黄山在中国的山水画中也占据着重要地位，以黄山为主题的画作不胜枚举，且于明末清初形成了黄山画派。这使很多人先从丹青之中认识了黄山，也使黄山获得了"中国山水画的摇篮"之美誉。

自被天下人所知那日起，黄山便不断激扬着各个时代的艺术家的热情与才情，各个时代的艺术家也纷纷以杰出的作品，屡屡地赋予了黄山以崭新的艺术生命。

1990年，黄山即被列入了世界自然和文化遗产名录。

2004年，又入选了首批世界地质公园名录。

无论是从自然景观来讲，还是就历史文脉而言，这纷至沓来的每一项荣誉，黄山都是受之无愧的，包括"天下第一奇山"之誉。

重庆"天福官驿"

如果说驿路相当于现今的高速公路，那么驿站就形同于服务区。

中国传统的交通通信制度名为"驿传"，肇始于春秋战国，渐行废止于清末民初，基本功能是保障诏令、文书的顺畅传递，以及迎送往来的使臣、官吏。驿路、驿站是驿传制度得以存续的基础。如果说驿路相当于现今的高速公路，那么驿站就形同于服务区。

第三部分 锦绣河山

每条驿路的沿途都设有数目不等的驿站，间距在 35 公里至 40 公里，大致是一个官员被指望在一天内所走的路程。驿站具备食宿功能，需要接待往来行旅在此吃饭、休息，并更换役畜。役畜以马为主，辅以驴，根据各驿站的重要性而各有定额。

驿路曾一度遍布华夏，交织成网，与之配套的驿站也曾密布全国各地。时至明代，辽宁地区也曾在辽东边墙沿途设置了著名的辽东驿路，同样设有繁密的驿站。

当时光流转至今，全国的驿站已大多无存。

除了重庆的"天福官驿"。所谓"官驿"，是指只接待官方信使、持有可在旅途中利用驿站服务之授权文书的政府官员以及外国使团的驿站。对那些私人旅行者，以及没有相关证件的官员，官驿则不予接待，至少原则上如此。

天福官驿始建于唐武德二年（619），是涪州和黔州之间的重要驿站，后毁于兵燹，现存建筑是在原址上的复建。那是一座古朴沧桑的四合小院，坐落在武隆区仙女山镇的谷地里，具有鲜明的汉唐风格，电影《满城尽带黄金甲》即以此为取景地。

宝岛
气象

宝岛台湾的美丽是世人皆知的，尤其是它的垦丁山水。

垦丁位于台湾本岛最南端的恒春半岛，三面环海。据说这个名字源起于清代，那时候从大陆来了一批壮丁在此垦荒种田，便由此得名"垦丁"。

垦丁地属热带气候，年平均气温25度。地质以珊瑚礁为主，在三面环海北依山峦的地形下，加上长达半年的落山风吹拂，造就了垦丁特殊的地形风貌，并以此成就了"垦丁国家公园"。

阿里山的森林公园更是令人心旷神怡，最显著的景色是随处可见的参天古树。这些古树拥有一个令人感慨万千的特色，即根系于地面相连，繁枝于空中相融，将其称为"同根同源连心树"是最妥当不过了。那是一道美丽的风景，也是一个美好的愿景。

第 四 部 分
活力湿地

白石
水库

白石水库是继观音阁水库之后，辽宁的又一个大型水利工程。

白石水库是大凌河干流的大型水利枢纽工程，规模列于辽宁第三，辽西第一。它坐落在北票市，地处朝阳、阜新、锦州三市的中心地带。工程始建于1995年，落成于2000年。

作为辽宁水利工程的一个重大项目，白石水库其实早在"二五"期间（1958—1962）就已开始筹建，但因1961年全国经济紧缩，辽宁的"四库一闸"等在建项目纷纷落马，其中就包括白石水库。然后一撂就是20多年。

直到1988年，鉴于白石水库的建设可以挂靠到正在申报的辽河三角洲开发的项目中来，从而获得国家的财政支持，省政府才再度将其立项，并报国家计委。几经周折到底批下来了，白石水库也才得以正式上马。

白石水库是继观音阁水库之后，辽宁的又一个大型水利工程。

| 辽宁朝阳白石水库 |

　　它的建设过程十分辛苦，既涉及了慧宁寺的动迁，还面临了资金的短缺，以及移民的问题，可谓千难万阻。不过它在建成启动之后，就迅速发挥出了预期中的作用，而且在接下来的这些年当中，在基础的防洪、灌溉、供水的功能之外，还陆续发挥出了发电、养殖、观光旅游等效用，得说实际作用比预想的还要好得多，当年的辛苦付出，算是得到了丰厚回报。

　　如今的白石水库，已成为辽宁省境的一处人与自然和谐相处的所在，地上群山碧绿，水中鱼儿群游，空中鸟儿集翔，对周边一定范围内的生态环境也起到了积极的改善作用。

石佛寺
水库

石佛寺水库是辽河干流的重大水利枢纽工程，也是辽河干流上的唯一一处控制性工程。

石佛寺水库是辽河干流的重大水利枢纽工程，也是辽河干流上的唯一一处控制性工程，坐落在沈阳市沈北新区、法库县，铁岭市铁岭县的交界地带。

辽宁沈阳石佛寺水库

| 辽宁沈阳石佛寺水库 |

工程始建于 2003 年，2005 年主体完工。

不过事情也是早就张罗开了，早在 1961 年仓促下马的"四库一闸"项目当中，也包含了石佛寺水库。其他"两库"是鸭绿江的沙尖子水库、太子河的参窝水库，"一闸"是大辽河的营口闸。

在 1995 年白石水库抢先上马之际，省里也曾犹疑过是否要先上石佛寺水库，毕竟这是辽干的重大工程，对辽河以及辽宁的整体安泰更为关键。然而重要性虽有，却也同时意味着造价更高，鉴于当时的财政状况，便到底暂且放了下来。

后来的事实证明，此决策是明智的。

石佛寺水库的建设，使辽河中下游地区的防洪标准由三十年一遇提高到了百年一遇，同时也越来越见证了它的生态效益。约略从 2013 年起，石佛寺水库进行了大规模的环境建设，短短几年便取得了显著成效，草木多了，水鸟多了，尤其栽植了大面积的荷花，不仅净化了辽河水质，美化了人们的视野，还使石佛寺水库成了沈阳的"空气加湿器"。

本溪
桓仁水库

辽东的生态一向是好的，素有辽宁的"水盆"之誉，其中又尤以本溪的桓仁为最。

辽东的生态一向是好的，素有辽宁的"水盆"之誉，其中又尤以本溪的桓仁为最。坐拥浑江的桓仁，不仅自身湿润秀美，而且拥有丰富的水资源，足以接济其他地区。

桓仁的水库也是辽宁最大的水库，库身横跨辽吉两省的桓仁、通化、集安三县。坝址坐落在桓仁，因从著名的五女山上俯瞰，库中水形酷似龙状，故又得名"桓龙湖"。这是一座以发电为主，兼顾防洪、灌溉、养鱼的综合性水利工程，始建于 1958 年，竣工于 1972 年。

桓仁水库位于浑江中游。

浑江是鸭绿江的支流，源出吉林省白山市北部的哈尔雅范山，以黄海为终点。此河河道多曲折，却水量充沛，目前辽宁中部及西部地区的用水大多都指望着浑江，辽宁省第二大水库即坐落于抚顺市的大伙房水库，也受着它的接济，备受瞩目的"大伙房输水工程"，目的就在于实现这种接济。

一期是将浑江之水输入大伙房水库，实现"东水西调"；二期称之为"辽西北调水工程"。前者启动于 2003 年 3 月，如今已实现向沈阳、大连、鞍山、抚顺、营口、辽阳、盘锦等 7 个城市的供水。后者于 2011 年 9 月开始勘探并结合永久工程实施，竣工后将对辽西北各市供水，此时辽宁水资源短缺的问题将基本解决。

任何一个了解过这项工程的辽宁人，都会在心头油然而生一种身为辽宁人的自豪感，也会对辽宁的水利人更增一分敬意。实际上，辽宁的水利人是最有资格因此而倍感自豪的，甚至小小地骄傲一下都不为过，因为这项工程太宏伟了，意义也实在足够深远。

浑江，堪称辽宁水利安全的最佳保障。

辽宁的水利人，则将这份保障落到了实处。

这种持续了十几个寒暑的成功努力，是十分可敬的。

| 辽宁桓仁 |

义县
七里河水库

义县的七里河水库，名"红旗水库"，坐落在七里河镇与大定堡乡的交界处，是大定河主干上的控水工程。

义县的七里河水库，名"红旗水库"，坐落在七里河镇与大定堡乡的交界处，是大定河主干上的控水工程。大定河是大凌河的支流之一。

这个水库始建于 1969 年，正值"文化大革命"刚刚开始时期。属于县财政支持的一项工程，初衷是解决七里河地区的农田灌溉问题，以促进粮食的稳产高产。

七里河水库的修建也曾历经波折，在 1970 年 7 月第一次合龙之际，因暴雨骤至而导致库堤决口，损失惨重。接下来人们重整精神，继续建设，到 1972 年终于成功地二次合龙。1973 年又紧接着修了干渠和支渠等配套设施，才使水库正式投入了使用。

半个世纪的时光过去，如今的七里河水库依然水清鱼丰，经管人就是当年的水库施工者之一刘桂纯，当年 19 岁，现年 69 岁。他在水库搞起了水产养殖，并对垂钓爱好者开放，每人每天收费 30 元，虽所入有限，却细水长流，刘桂纯借此将日子过得很是不赖。

辽宁义县七里河水库

盘锦
红海滩

红海滩俨然是湿地的女儿，在湿地上诗意地栖居，演绎着辽河口的生态神话。

盘锦红海滩是大自然孕育的一道奇观。海的涤荡与滩的积沉，是红海滩得以存在的前提；碱的渗透与盐的浸润，是红海滩得以红似朝霞的条件。这片红艳欲滴的海滩，是自然造化加人为干预的一个完美结晶。

| 辽宁盘锦红海滩 |

　　自然造化是指盘锦的海滩并非寻常的沙滩，而是罕见的泥滩，且因有辽河携来的泥沙在此持久淤积，最终成为肥沃的"宝泥滩"。"宝泥滩"惯长一种名叫"翅碱蓬"的草本植物，相当耐盐碱，实际上也是唯一一种可以在盐碱卤渍中存活的草，而且不要人撒种，也无需人耕耘。这种植物高不盈尺，纤弱的茎枝颇像鸟儿的翅膀，便得了这么个名字。

　　翅碱蓬不仅耐盐碱，也极善退盐碱，举凡它生长过的区域，耐盐碱性略逊一筹的芦苇就能串生出来了，芦苇长了几年，就能垦荒种田了——如果人们愿意的话。

　　翅碱蓬由此成了沧海桑田之变迁的"开路先锋"。

　　不过这种植物原本长得并不够繁茂，直到1989年。

　　那一年，辽河三角洲农业大开发工程正式上马，在盘锦市大洼县率先拉开了帷幕，由此修筑了一条长达28公里的围海大堤，成功解决了海潮倒灌的问题，将那片近海之地打造成了千顷稻田。与此同时，也使那片"宝泥滩"的盐碱度得到了有效降低，低到了一个完美的阈值，从而令翅碱蓬获得了大规模滋生的良机。

　　翅碱蓬天生只肯吸取七彩阳光中的紫光波，于是自钻出地表之日起，便呈现着如血似火的鲜红的生命色泽。随着它们一天天长高长大，这种色泽又会日益浓郁。当它们如此浓郁地一株株一丛丛地毗连成片，便酿就了红透天际的红海滩。

　　也就是说，红海滩是由一株株翅碱蓬织就的红地毯，没有人为的雕琢，没有后天的粉饰，一切都是那么自然又从容。红海滩每一天都会经受海潮的数次冲刷，越是冲刷，就越红艳。当阳光一寸寸在红海滩上渐次铺展开来的时候，还会显露出碱花，或者叫盐花，细密地沾染在每一株翅碱蓬的每一片叶子上，斑斑点点，深深浅浅，泛着白。农家汉子的汗衫被汗水湿透了，再被阳光晒干了，就是这种样子。那是盐碱给予翅碱蓬的记号，是海潮曾经来过又走了的实物遗留，翅碱蓬就顶着这些碱花或盐花，在阳光底下耀目地红。

　　红海滩俨然是湿地的女儿，在湿地上诗意地栖居，演绎着辽河口的生态神话，也承载着一代又一代盘锦人的憧憬与梦想。嫣红的红海滩，如今已成了国内外知名的旅游景区，不仅使盘锦红了，也使辽宁红了。

| 辽宁盘锦红海滩

盘锦
河闸

河闸是"拦河节制闸"的简称，特指那些建筑在天然河道上用以调节上游水位和控制下泄水流流量的水闸。

流经盘锦市的大中小河流共有 21 条，其中大型河流 4 条，盘锦由此成了全国 31 个重点防洪城市之一，其防洪工程主要由河闸、河堤及水库组成。目前其河堤总长近 600 公里，中小型平原水库 7 座，河闸以双台子河闸、绕阳河闸最为紧要。

作为一个名词，河闸是"拦河节制闸"的简称，特指那些建筑在天然河道上用以调节上游水位和控制下泄水流流量的水闸。河闸的主要作用有两项：枯水期关闸蓄水，以抬高上游水位，从而满足航运、灌溉、发电引水和城镇供水的要求；洪水期开闸泄洪，使上游水位不会超过防洪限制水位，同时控制下泄流量，使其不会超过下游河道的安全泄量。

由于地势低洼又地处九河下梢，盘锦地区的水利建设一向领先，其中双台子河闸动工于 1966 年，竣工于 1968 年，1969 年就已投入运行。此后屡经加固修缮，这些年中在保证盘锦市辽河两岸稻田用水、西部苇田灌溉用水、部分工业用水和城市居民用水，以及防止海潮倒灌等诸多方面，都发挥了重要作用，为盘锦的开发建设立下了汗马功劳。双台子河闸也称辽河闸，是辽河干流下游地段的一座大型水利枢纽工程，距辽河入海口 57.3 公里。

| 辽宁盘锦·河闸 |

绕阳河是辽河水系的重要河流之一，是辽河下游右岸的一条支流，发源于阜新蒙古族自治县境内的察哈尔山，往东南流经新民、黑山、辽中、台安等县，进入盘山县境，再汇入辽河，河道总长290公里，其中盘锦河段长71公里。绕阳河闸就是此河段的控水工程，这些年中不仅为盘锦的防洪抗洪发挥了积极作用，而且在生态治理方面也功不可没。

沈阳
浑河

浑河全长 415 公里，从长度上讲是辽宁仅次于辽河的第二大河。

浑河曾经是辽河最大的支流。辽河也曾是分流入海的河流，东西双河道，西河道由原双台子河入海，东河道由今大辽河入海，浑河入其东河道。1958 年，为根治辽河之患，将东河道堵截，使辽河干流来水自此尽由原双台子河独流入海，也使双台子河在近年改称了辽河。原称辽河却失了辽河水的东河道，则从此只有浑河、太子河、外辽河行走。

浑河全长 415 公里，从长度上讲是辽宁仅次于辽河的第二大河。从这点来说，将原称辽河却失了辽河水的东河道改称浑河，将太子河等列为浑河的支流也说得过去，然而事情并不曾这么发展，事实是那条河道被改称为了"大辽河"。似乎也算妥当，毕竟如此才能完好抚慰更多人的家乡情怀。大辽河是盘锦和营口的界沟，注入辽东湾。辽河也注入辽东湾。在那片海域，浑河与辽河之水将再度融为一体。

浑河发源于抚顺市清原满族自治县的滚马岭，然后自东向西，流经抚顺、沈阳、辽中等多个辽宁中部城市，所经之地大多重工业相对发达又人口稠密，原来的浑河也就污染严重，仅沈阳市就曾有大大小小数十个排污口。进入 21 世纪之后，浑河得到了集中的大规模治理，目前多已成为所经城市的风光带，对沈阳而言尤其如此。

浑河的容颜，已纯净清新，引来了鸟儿，也焕发了生机。

| 辽宁沈阳浑河白鹭 |

铁岭
莲花湖

一个以莲花为大型景观区的城市，其气质总不会差的。

想来国人对莲花的青睐，与周敦颐的《爱莲说》脱不了干系，大抵都是钟情于莲花那种"出淤泥而不染，濯清涟而不妖"，又"不蔓不枝"，"亭亭净植，可远观而不可亵玩焉"的高洁品性。待朱自清的《荷塘月色》出来，对这"花之君子"的热爱更是风靡了全国。

作为"水陆草木之花"的一种，"莲花"是"荷花"的别称，既是印度、越南两国的国花，也是著名的中国十大名花之一。"六月花神"是莲花古时就有的雅号，从古至今，莲花也始终都是诗人墨客下大力气加以歌咏绘画的重要题材。

世间之花虽浩繁无数，但能像莲花这般令人眷恋至此，又以圣洁高雅之气质脱俗于尘的花，也是不多的。

中国的荷花品种丰富，多达 200 种以上，且目前仍然不断地有新品种涌现。

中国对莲花的栽培，也已拥有了 3000 多年的历史。辽宁也是如此，省内曾发现过碳化的古莲子，可见其历史之悠久。

| 辽宁铁岭·莲花湖湿地 |

　　作为一种多年生的水生草本植物，莲花的生长习性就像它的品性一样，生来喜静，相对稳定的浅水湖沼、泽地、池塘，便成了它的宜生之所。铁岭莲花湖是一处复合型湿地，集人工库塘、稻田、河流及小型湖泊为一体，具有湖湖相扣、泡泡相连的水网结构，湿地性质十分明显，也颇为适宜莲花的生长。铁岭莲花湖的问世，不仅打造了一处令人震撼的湿地景观，而且改善了生态环境，具有可期待的远景。一个以莲花为大型景观区的城市，其气质总不会差的。

扎龙
及乌裕尔河

扎龙湿地的成因，与乌裕尔河有关。

与黑龙江省的黑龙江、松花江、乌苏里江、绥芬河等大江大河相较，乌裕尔河几乎名不见经传，它也确实不长，只有 587 公里，而且在相继流经了北安、克东、克山、拜泉、依安、富裕这 6 个市县之后，还逐渐失去了河床，河水由此四溢，漫无边际地湮没在了齐齐哈尔以东、林甸县以西的大片苇甸之中，从而成了一条"无尾河"。

作为一个名词，"无尾河"特指那些没能最终汇流入海的河流。

作为一条河流，沦为"无尾河"似乎是不幸的，然而无尾的乌裕尔河却以分散的水流，酿就了一片广阔的沼泽湿地，并以此承载起了一代代丹顶鹤休养生息的重任。那片浩瀚的沼泽湿地，也到底以"扎龙自然保护区"之名，渐被国人所熟知。

关于这条河的称呼，清代的用词颇为繁杂，有"呼雨哩""乌雨尔""瑚裕尔""乌羽尔"等多种，及至在新中国成立初期的有关资料和图籍中，也曾一度是"乌裕尔河""呼裕尔河"并用，后来才专用"乌裕尔河"了。"乌裕尔"是女真语也就是满语的音译，本意是指"涝洼地"。

这显然是一块珍贵的"涝洼地"，早在 1979 年就建立起了省级自然保护区，1987 年晋升为国家级，1992 年又跻身于"世界重要湿地名录"之列。它所养育的众多的丹顶鹤以及其他野生珍禽，早已为它博得了鸟和水禽的"天然乐园"之美誉。

　　作为黑龙江省唯一的一条内陆河，乌裕尔河也是中国的第二大内陆河，它不仅是扎龙自然保护区得以形成的主导因素，也是黑龙江省最大的芦苇生产基地所赖以生存的先决条件。所以尽管它是一条理论上并不太大的"无尾河"，尽管它素来藏在深闺鲜为人识，它却仍然是丰美的，惹人喜爱的，又令人难忘的。

| 黑龙江齐齐哈尔 |

伊春
湿地

如果说世界文明的起始、延续和发展，均来自湿地的哺育，丝毫也不为过。

"湿地"一词源自英文 wetland，由两个词组成，即 wet 和 land。Wet 意指"潮湿"，land 是"土地"。也曾有人将其译作"湿源"，显然远没有"湿地"来得精准。"湿地"的确切定义，是"不问其为天然或人工、长久或暂时性的沼泽地、泥炭地或水域地带，静止或流动的淡水、半咸水、咸水体，包括低潮时水深不超过 6 米的水域"。这使湿地成了一个所指浩瀚的词语，涵盖了河流、淡水沼泽、沼泽森林、湖泊、盐沼等地球上的大部分区域。

与森林和海洋一样，湿地被认为是世界上重要的生命支持系统之一，是生物多样性的发源地，无数种类的植物和众多的鸟类、哺乳类、爬行类、两栖类以及无脊椎动物，均依赖其生存。湿地因此有了另一种属性或代名词，即"生命的摇篮"以及"文明的发源地"。

翻开尘封的历史，可知人类的远古文明无一不是在湿地范围内发生：尼罗河流域的古埃及、幼发拉底河和底格里斯河"两河流域"的古巴比伦、印度河及恒河流域的古印度、黄河和长江流域的中国……古老的人类仿佛是出自天性的求生本能，在对大自然还懵懂无知的时期，就认识到了湿地的妙处，并自发地聚集于此，在荒蛮的土地上，燃起文明的篝火，拓下创造的足印。如果说世界文明的起始、延续和发展，均来自湿地的哺育，丝毫也不为过。

| 黑龙江伊春 |

中国是亚洲湿地类型最齐全、数量最多、面积最大的国家，拥有湿地总面积6600万公顷，占全球湿地总面积的1/10，位居世界第四。这是一笔无法估量的巨大财富。

黑龙江省的伊春市，是这笔财富的构成之一。

这个城市地处黑龙江省东北部，北与俄罗斯隔江相望，界江长246公里。其水系特别发达，有大小河流702条，分属于黑龙江、松花江水系，其中被誉为伊春"母亲河"的河流是汤旺河，境内流长443公里，汇入松花江。"伊春"之名，即取自汤旺河的支流伊春河，是松花江的二级支流。

　　如此密度的水系，使伊春拥有了世界上面积最大的红松原始林，并获得了"红松故乡"和"林都"之美誉。这个城市的生态也就几乎到了无可挑剔的程度，水质清澄得同样照人如镜，清清河水绕山而行，葱茏两岸山秀树郁，市境大部分城镇也都沿河分布，白云轻笼，薄雾微罩，远观近赏，悦目舒心。

黑龙江伊春

第四部分　活力湿地

第 五 部 分

人文中国

喀左
中学及城建

喀左的明天，应该是更可期待的。

与辽西的很多山区一样，喀左也是"九沟十八汊，汊汊有人家"，这样的事实反映到教育上，就是学校分散、师资分散，导致教学质量不佳，学生成绩上不去，很难培养出高质量的苗子来。鉴于此，喀左便学习山东沂蒙山区的经验，把全县农村的初中生都集中到了市里，为此新建了三所中学。

这是 2008 年的事。

时至今日，事实已经表明，这样的举措是相当明智的，至少取得了三大成果。一是资源整合之后，师资力量上去了，进而使学生的升学率发生了显著变化，近几年每年考入重点高中的学生数量已高居全省首位，以后更加令人憧憬；二是很多学生的家长也都随着子女一同进城，这大大加快了城镇化的步伐；三是那些原本"土气"的农村学生进城读书不久，气质就已明显改变了，这无疑有效提升了喀左市民的整体素养。

同样可称道的还有喀左的城建。这个原本暴土扬尘的城市，如今已建设得山清水秀，变化之大令人刮目相看，更令人振奋，很容易让人联想到"女大十八变"之说。

20 世纪 90 年代，辽宁省有 9 个贫困县，喀左就是其中之一。

喀左是"喀喇沁左翼蒙古族自治县"的简称，其中"喀喇沁"是蒙古语"保卫"或"看守"的意思，原为部落的名称。作为辽宁的一个蒙古族自治县，喀左素来属于农业县，却又地处低山丘陵地带，地貌构成是"七山一水二分田"，这就先天般地决定了它的贫瘠，直到改革开放已进行了一个阶段的 20 世纪 90 年代，喀左还在吃返销粮。事实上喀左在人们的印象中，很多年来都是灰头土脸的，不仅富裕与它无缘，似乎整洁也与它无涉，更是从来没资格劳烦"优美"之类的字眼。

然而如今的喀左，却已经楼像楼、路像路、山像山、水像水了。尤其干净、净爽，蓝天白云，满山绿色，动用任何一个与"美"相关的词语来形容它，它都是受得起的了。而且有了个性，或者说突显了个性。在喀左的中心广场上，布满了蒙古包等蒙古族的特色文化符号，美妙和谐地组织在一起，十分符合它的蒙古族自治县的身份。

喀左的今日巨变，也是一个缓慢的过程。关键是得到了持续，突出表现就是几届领导班子始终保持着一条心，拧成了一股劲，最终将一张蓝图绘到了底，而不是换一届班子就换个打法。这是喀左今非昔比的根本缘由。

无论如何，喀左已经美得难以表达，在辽西地区堪称出类拔萃。听说很多北京人都来喀左买房子了，以便随时来此消暑度假。这也是喀左

│ 辽宁喀左中学校园 ││ 辽宁喀左城建 │

之巨变的一个佐证。

　　喀左的明天，应该是更可期待的。

绥中
加碑岩

葫芦岛市绥中县的加碑岩是一个革命老区，辽西第一个党支部就诞生于此。

加碑岩是辽宁省最偏僻的乡，几乎也最贫困。那是个纯粹的山区，耕地零星，居民分散，有句老话将这状况描述得特别精当："九沟十八汊，汊汊有人家。多的三五户，少的一两家。"还没有路，或者说，所谓的路上也都是河卵石，走起来特别费鞋，当地人往往都是从大车轮胎上弄下一块胶皮来，用作鞋底，以求耐磨禁穿。

早年在通往加碑岩的必经之路上，有一个地方是过水路面，每逢下雨天那路面上都是水，久了，就长满了被当地人俗称为"青子"的苔藓，极为光滑，稍不留神就能把人冲到桥底下去，这事也确实发生过。因此，雨天里加碑岩的人哪儿也去不了，无路可走。后来在省政府及省交通厅的支持下，就在那儿修建了一座"福桥"，时下仍是加碑岩的交通要道。

"加碑岩"是一个相对独特的地名。它的独特不仅在于这三个字的罕见组合，更在于它的发音，实际上人们每次说起这地方的时候，都会将其读作"加碑苶"，也就是将"岩"字读成"苶"。"苶"的拼音是nié，人们的口语里常用这个字，比如"你咋发苶呢"。

这样的读法并没啥理由，至少当地人找不出根据，然而他们仍然执意如此，尽管这给他们添过很多麻烦。早年他们出差在外开发票的时候，对方几乎从来没有人将"岩"字写对过，甚至迟疑着无从落笔，不是一脸懵懂，就是一问再问，直到他们不大情愿地说"加碑茶就是加碑岩，茶就是岩，岩石的岩"。

相传这个名字早在清代中期就有了。那时候此地的乱砍滥伐特别严重，山上都光了，为了整治，便形成了一份类似村规民约的文字，刻到了石碑上，立在了村头。再后来可能嫌现有规章还不够全面，就又补刻了一块，立在了前碑之侧，于是就有了"加碑岩"之称。

在立碑之前，这村子叫什么呢？

不得而知。

时至今日，加碑岩仍属辽宁最偏僻的乡，也仍不富裕。问题的症结就在于缺水，干旱使人们生财无力，无论如何努力。或许这个乡的最终出路，仍是移民。

| 辽宁绥中加碑岩乡 |

承德
避暑山庄

避暑山庄也是中国现存占地面积最大的古代帝王宫苑。

中国的传统建筑在世界上独树一帜，其中尤以古典园林建筑最为醒目。"园林"是一个人人都能基本意会的寻常词语，若要严谨地将其阐释反倒有点复杂了，只能说是在一定的区域内，通过改造地形、构造建筑、布置路径、植树种花等多种工程技术手段，来实现的一个艺术性的自然环境和游憩境域。艺术性是衡量一处园林优劣的重要标尺，历史文脉则决定着一处园林的知名度和美誉度。

中国的古典园林大大小小数不胜数，顶著名的却只有四个：颐和园、拙政园、留园、避暑山庄。四者有"中国四大名园"之称，比肩并秀于国际，且均为世界文化遗产。

避暑山庄虽无"园"字，却是中国古典园林的最高范例。

这处园林地处内蒙古高原与华北平原的过渡带，坐落在河北省承德市中心以北的狭长谷地上，始建于1703年，历经清康熙、雍正、乾隆三朝，前后耗时89年方得建成。其基础格调为朴素淡雅的山村野趣，又融合了自然山水之本色，吸纳了江南塞北之风光。整个山庄分宫殿区、湖泊区、平原区、山峦区四大部分，且东南多水，西北多山，俨然中国自然地貌的缩影，实在是中国古典园林史上一个堪称里程碑的伟大杰作。

避暑山庄也是中国现存占地面积最大的古代帝王宫苑。

"承德离宫""热河行宫"是它的别称，许多年中都相当于清廷的陪都，是诸代清帝仲夏避暑并处理政务的所在。康熙、乾隆二帝，每年大约有半年时间都要在此度过，使之成了事实上的清廷在北京之外的第二个政治中心。

其中乾隆帝在此接见并宴赏过厄鲁特蒙古杜尔伯特台吉三车凌、土尔扈特台吉渥巴锡，以及西藏政教首领六世班禅等重要人物，还在此接见过以特使马戛尔尼为首的第一个英国访华使团。嘉庆、咸丰二帝，皆病逝于此。影响中国历史进程的"辛酉政变"，亦发端于此。

作为一种中国传统的艺术形式，园林颇受"礼乐"文化的影响，几乎每一处园林在营造之时，都以典雅为核心追求，彰显的也都是主人高洁的精神面貌。这种诉求无疑是成功的，以至时下每说起园林，人们都会自然联想到假山叠石、小桥流水，以及亭台楼阁、名花珍禽，每一种都堪称典雅的典范。

不过呢，却也同时还会想起那些似真似幻的传说、引人入胜的野史。实际上无论怎样克制，这两大元素都已成了中国园林文化的重要构成，无法剔除，关键是没人想要剔除，似乎正因有了后者的参与，园林才更加匹配它本身的大名。发源于承德避暑山庄的传说和野史也是很多的，这也是它得以名冠天下的一个因素。

大清王朝的日益衰落，导致了避暑山庄的日渐萧条。直到新中国成立后，始才重焕蓬勃的生机，并渐成寻常百姓的游览之所。作为一处早在1961年就被评定为全国重点文物保护单位的所在，这处神秘园林的功能也自此发生了质变，并在人们构建现代生活环境与生活方式方面，发挥了积极的启迪作用。

| 河北承德避暑山庄 |

青岛
五四广场

"五月的风"是青岛五四广场的标志物。

那是一件红艳艳的雕塑，呈螺旋式上升的姿态，像流动的风。这件雕塑以及"五四广场"之名，都源于1919年的五四运动。

五四运动的导火索是青岛的主权问题。

1897年，青岛被德国占领。

1914年，又被日本取代德国而占领，引起了国人的强烈反对。

1918年第一次世界大战结束，1919年在巴黎召开了"和平会议"，作为战胜国出席会议的中国便提出了收回青岛主权等要求，却遭到了拒绝。惊闻此讯的北京学生便于5月4日举行了捍卫主权的游行示威，提出了"还我山东，还我青岛"等口号。这一运动得到了全国人民的支持，并由此终于在1922年12月10日收回了青岛主权。

鉴于青岛与五四运动的这一特殊关系，这个广场便被命名为"五四广场"，并矗立起这件名为"五月的风"的雕塑，体现的是五四运动的爱国主义基调和民族力量。

| 山东青岛 |

布达拉宫
及其他

"雪域天堂"西藏，正因有了布达拉宫，才在世人的心目中美到了极致。

布达拉宫是世界上海拔最高的集宫殿、城堡、寺院于一体的建筑群，也是源起最为浪漫、最能引人遐想的古代宫堡建筑群。每每看到这几个字，都会油然想起文成公主和松赞干布；每每看到这组宏伟建筑的图片，也都会想一想两个人所共同度过的那些岁月。或许"雪域天堂"西藏，正因有了布达拉宫，才在世人的心目中美到了极致。

作为布达拉宫的同时代建筑，大昭寺是西藏最神圣的所在。或者说，正因有了大昭寺及其供奉的释迦牟尼12岁等身像的存在，西藏才在全球范围内神圣到了极致。据说大昭寺原称"惹刹"，后来就成了它所在城市的名字，并逐渐演变为"拉萨"。

始建于18世纪40年代的罗布林卡，位于拉萨西郊的河畔，是历代达赖喇嘛消夏理政之所，也是西藏人造园林中规模最大、风景最佳、古迹最多的园林。"罗布林卡"即意为"宝贝园林"。目前已与布达拉宫、大昭寺一样，被列入了世界文化遗产名录。

西藏的古建筑自是令人震撼的，西藏的山路也同样令人印象深刻，那么坚毅的曲折和登攀，使之成了离天空最近的道路，似乎洁白的云朵就近在眼前，并触手可及。

｜西藏山路｜

｜西藏拉萨罗布林卡｜

西藏拉萨布达拉宫

| 西藏拉萨大昭寺 |

| 西藏拉萨纳木错湖 |

新疆的
油田

新疆有两个著名的油田，一是北疆的克拉玛依油田，二是南疆的塔里木油田。

克拉玛依油田是新中国成立后开发建设的第一个大油田，发现于1955年，在大庆油田投产之前，它一直是中国最大的石油生产基地。

新疆克拉玛依油田

　　作为新疆油田公司的主力油田，人们也常以"新疆油田"指代克拉玛依油田。"克拉玛依"之名亦得自于油田的发现，它是维吾尔语的音译，意为"黑油"。现在克拉玛依市区东北部仍有一座俗称"黑油山"的天然沥青丘，已在 2018 年被纳入了第一批中国工业遗产保护名录。这个油田坐落于准噶尔盆地西北缘，并因油而兴起了一座富庶的克拉玛依市，目前已成为中国西部的重要石化基地。

　　开发建设于 1989 年的塔里木油田，位于塔克拉玛干沙漠，这个沙漠的面积占全国沙漠总面积的 47% 还多，是我国最大的沙漠，也是世界第二大的流动沙漠。

　　漫漫黄沙无边无际，在自然条件极端恶劣的环境中开采石油的难度，

也就可想而知了。然而中国石油工人仍然只用了短短30年的时间，就将其打造成了中石化旗下的第二大油田，并在中国能源结构中发挥着越来越重大的作用，由此被誉为"中国西部的能源经济动脉"。

2018年12月12日，塔里木油田在位于库车坳陷秋里塔格构造带中段的中秋1井试井成功，并获高产工业气流，日产天然气33万立方米、凝析油21.4立方米。这预示着秋里塔格构造带中段有千亿立方米凝析气藏，也标志着塔里木油田在此区域打开了一个新的油气富集区带。

"只有荒凉的沙漠，没有荒凉的人生"，是塔里木油田总部大门上的一副对联，横批是"向死海宣战"。

此时很想，也很需要，向"向死海宣战"的中国石油工人们致敬！

第五部分　人文中国

可可托海
三号矿坑

可可托海三号矿坑，堪称中国的"功勋矿"。

1970 年 4 月 24 日 21 时 35 分，中国第一颗人造卫星"东方红一号"成功发射升空，这使中国成为全球第五个能够独立研制和发射人造卫星的国家。"东方红一号"所使用的金属元素铯，就出自可可托海三号矿坑。

　　中国第一颗原子弹、氢弹、核弹的制造及其成功爆炸，以及"神舟"系列航天飞船的生产，也都应用了相当一部分来自这个矿坑的金属原料。甚至在 20 世纪 60 年代中苏交恶之后，中国也是以这个矿坑出产的部分矿物偿还了高达 47% 的对苏债务。

　　可可托海三号矿坑，堪称中国的"功勋矿"。也是世间罕有的富矿，蕴藏着目前世人已知的 140 多种有用矿物中的 86 种，素以"地质矿产博物馆"享誉全球，在海内外地质学者的心目中，它就相当于圣地"麦加"。

　　可可托海三号矿坑位于新疆准噶尔盆地的东北边缘，是当今世界上最大的矿坑。"可可托海"是蒙古语的音译，意为"蓝色的河湾"，哈萨克语的语意是"绿色丛林"。

小白杨
哨所

锡伯族是个了不起的民族，"小白杨"也是个令人生敬的哨所。

20 世纪 80 年代初，中哈边界上有一个名叫"塔斯提"的哨所，哨所里有一位名叫陈福森的战士。有一次他回家探亲，母亲给他准备了 10 棵白杨树苗，叮嘱他要像白杨树一样扎根边疆。归队后，陈福森和他的战友们将这 10 棵白杨树苗栽在了营房周边，并日复一日地悉心呵护，使小白杨茁壮地成长起来。

事情传开去，那首感动了无数人的名为《小白杨》的歌曲就诞生了，在阎维文的深情演唱下，很快响彻了大江南北。那个名叫"塔斯提"的哨所，也自此改称了"小白杨"哨所。

一个美妙的巧合是，陈福森是锡伯族，伊犁籍。

锡伯族是我国少数民族中的一个，相当古老，原本世代居于东北，清乾隆年间，部分锡伯族民众被政府西迁至新疆，以充实边疆，并兼带守护，因为这个民族素以骁勇善战著称，尤其擅骑擅射击。在 200 多年以前，从东北赶往新疆，会历经怎样的艰辛呢？据说那一程足足走了 4 个多月，以至于孕妇将孩子生在了途中，牛也下了犊……

终于抵达之后，锡伯族人就开始在那块陌生的土地上垦荒种田，以稻作为主，作为锡伯族的一支，在那儿长久地栖居下来，直到如今。今天的新疆，仍有一个名叫"察布查尔"的锡伯族自治县。今天的东北，也依然居住着更大一批锡伯族人，沈阳、开原、义县、北镇、新民、凤城等地都有，黑龙江省的嫩江流域也有一部分。

锡伯族是个了不起的民族。

"小白杨"也是个令人生敬的哨所。

| 新疆塔城 |

湘西
凤凰

极目四望，青山、绿水、古桥、吊脚楼群，一切光景都是那么静美。

一湾穿城而过的沱江，一条横贯东西的古巷，几乎串起了凤凰的全部家当，连缀起了古镇的所有时光。极目四望，青山、绿水、古桥、吊脚楼群，一切光景都是那么静美。

成形于元明时期、定格为清式格局的古巷，横错铺陈着似曾相识的大块青石板，依然潮湿的路面在狭长的天光下，泛着清冷的光。两侧密集排列着琳琅的店铺——蜡染制品、手工刺绣、苗家银饰……木质的招牌奇模怪样又古色古香。一家挨着一家的姜糖作坊，飘溢出一阵阵甜丝丝的气味，掺着那无处不在的柔和的静美，合成了凤凰独特的气息。

几乎家家户户都敞开着门扉，袒露着古朴的门槛，一任游人好奇的目光在景深处交织打结。有年轻的妇人在安然地喂着孩子，有白首的老太在专意地修着脚指甲……这一切的敞开和袒露似乎都在暗示主人的沧桑阅历，以及阅尽沧桑后的宁静和淡泊，而这沧桑只能来自血脉的传承，这宁静和淡泊只能缘自几世的沉淀与凝练。

沱江的水呈绿色，静而澈，看得见河底摇曳的水草、光滑的卵石，以及两岸绿树青岩的清晰投影。有妇女在岸边浣洗。她们用棒槌，并将暮色槌得越来越浓，两岸那静穆的山峦、高耸的尖塔、硕大的水车，便依次被慢慢定格为深色的剪影，还随着嫣红的灯火闪闪烁烁。

凤凰无疑是美丽的，美得抢眼，美得夺目，像大朵的鲜艳的色块。美丽的凤凰无疑又是凝重的，凝重得那么含蓄，像纤细的怜柔的线条。色块易识，线条难捕。就如湘西沈才子的文字，美丽人所共知，却多半无意理会那字字的忧伤和心痛。

作为一座国家级历史文化名城，凤凰真是当之无愧的，不仅以它的俊山秀水，而且以它的人才辈出，单只是著名教育家熊希龄、作家沈从文、画家黄永玉等人，就足以使它蜚声世界了。这座古城的沱江及其两岸的吊脚楼，则是使它跻身于首批中国旅游强县的重要因素之一。从凤凰身上，总能让人体会到"人杰地灵"一词的真谛。

湖南湘西凤凰古镇

海南
保亭

海南的各个市县也都各有骄人之处，保亭是令人印象深刻的一个。

　　海南的任何一个地方，都是极美的。

　　尤其是它的海湾。三亚湾湾长沙细，又紧临三亚市区，游人如织；亚龙湾被三面青山围绕，被誉为"天下第一湾"；海棠湾拥有淡黄色的细沙，水清浪大，别具一格；大东海虽无"湾"字，却也是一处名副其实的海湾，且以"水暖沙白滩平"而蜚声中外。

| 海南保亭 |

海南的各个市县也都各有骄人之处，保亭是令人印象深刻的一个。

保亭是一个黎族苗族自治县，坐落在这个美丽海岛的南部，自身也极其美丽，长夏无冬，充沛的雨水以及充足的阳光，使之成了椰林以及红毛丹、荔枝、龙眼、芒果等各种热带水果的乐园，以色彩缤纷的水果，构建了一幅浓墨重彩的南国画卷。每当旭日初升或者山雨欲来之际，极目远眺，都会望见一片迥别于北国的风光，旖旎而又清秀。

这个县域不仅景美，还物产丰厚，既有浩瀚的橡胶林，还是我国重要的南药种植基地，盛产沉香、降香、萝工芙、大血藤、砂仁等百余种南药品种，种植面积高达7万多亩。这些植物对东北人来说，每一样都堪称新奇，视野内的保亭也由此变得又美又神秘。

相对于苗族，黎族的文化符号在保亭更为常见，或者说更为醒目，建筑上、T恤上、餐器上，随处可见。粗犷的线条，力感的顿挫，看上去飒爽又勇敢。

那是一个大力神的形象。相传远古之时，天与地仅隔几丈之高，使人深感狭仄。后来出现了一位大力士，将天空托举到了几万丈之遥，使人间从此有了开阔的天地。由于担心天空复降，大力士便久久不肯撒手，随着时光的流逝，他托举着天空的手掌便演化为了五指山。黎族人民尊其忘我伟业，便将他作为了民族图腾，崇尚至今。

觉得这样的传说，与美丽的保亭特别契合。

一个地方无论多美，总要有一个美丽的传说才够圆满。

据说黎族是海南岛最早的居民。"黎"是他称，是当年汉民族对黎族的称呼，最早见于唐后期刘恂著的《岭表录异》一书。黎族的女孩儿很漂亮，尤其在穿着民族服饰的时候。

| 海南琼海博鳌亚洲论坛 |

| 海南三亚 |

深南大道
与华侨城

很多人认为，深圳最美的路是深南大道，最美的一段在华侨城。

深南大道是深圳的坐标，其性质就像长安街之于北京、太原街之于沈阳。深南大道始建于 1979 年，并借此完成了深圳特区的"奠基礼"。之后相继于 1982 年、1987 年、1992 年对其进行了屡次扩建，使之在基础的交通功能之外，还逐渐成为透视深圳的城市建设和经济发展的窗口，由此被誉为"深圳第一路"。

○ 第五部分　人文中国

2006 年，深南大道又与宝安大道会合，成为一条横贯深圳东西、直达东莞的主要干道，并由此成了中国最长的市政大道。因其沿途种植着美人蕉、木棉树等漂亮的观赏型树种，也成了闻名全国的城市景观路。同时也是一条环保路，路面覆盖着吸尘能力更强的改性沥青，并能有效降低行车噪音，这样的"绿色革命"已使之走在了全球环保的前列。

很多人认为，深圳最美的路是深南大道，最美的一段在华侨城。华侨城是一个现代海滨城区，坐落在深圳湾畔，属实堪称深圳湾畔的一颗璀璨明珠。

美丽富饶至此的深圳，在 40 年前的 1979 年还只是一个小渔村，人口只有 2.5 万，区域面积只有 3 平方公里，当地的最高领导也只是个"大队书记"。不过，这位大队书记的家已是一幢二层小楼，跟别墅一样的气派。楼里有大冰箱，大冰箱里塞满了大对虾等各种海鲜。当年深圳与香港的贸易也已兴起，在一个名叫"中英一条街"的所在搞得如火如荼，整条街都遍布了小商小贩，出售的也都是新奇时髦的化纤产品。

这样的蓬勃气象，曾令当年的辽宁省政府的考察人员羡慕得不行，景仰得不行，同时也深受刺激，以至于在从深圳回来的途中，几乎每个人的心里都在反复盘桓着两个问题：咱们咋能致富？咱们啥时候能富到这个程度？

深圳的率先发展，对全国各地都产生了一个样板的作用，也令全国各地的基层干部都对邓小平同志那句"发展才是硬道理"的口号理解得更为深刻，并开始郑重思考富裕的问题，努力寻找致富的路径。在那个还并不习惯以贫穷为耻的年代，这样的体会、思考以及努力，无疑都是弥足珍贵的。

40 年后的今天，深圳的人口已超过 1200 万，城区面积已扩大到 1997 平方公里，GDP 也已从 1979 年的 1.79 亿元，增长到了 2018 年的 2.4 万亿元，经济总量居亚洲城市前五。深圳以 40 度春秋的实践，实打实地创造了一个世界经济发展史上的奇迹。

40年来，内地城市，尤其是东北各地与深圳的差距虽然有所缩小，却也始终存在，即使这样的差距已不见得还能在人心中掀起狂涛巨澜，却也不能让人平静视之。实际上很多地区仍想从深圳的背影里找到自己继续前行的动力，以便使自己更进步一点，再进步一点。哪怕已意识到那差距永远不会消融为零，哪怕自己也早已承认有些地区将永远无法赶超。

无论如何，作为中国改革开放的第一批试点城市，深圳的示范作用是无出其右的。

◎ 第五部分 人文中国

维多利亚港
及金紫荆广场

举世无双的金紫荆，将永远绽放在香港。

中国香港维多利亚湾

维多利亚港是位于中国香港特别行政区的香港岛和九龙半岛之间的海港，因其港阔水深，素被公认为世界三大天然良港之一。2005 年 10 月 23 日，在由《中国国家地理》主办、全国 34 家媒体协办的"中国最美的地方"评选活动中，维多利亚港所在的海岸还被评为了中国最美八大海岸之一。

金紫荆广场位于维多利亚港的中心位置，且被其三面环绕，与对岸的尖沙咀遥遥相望。高高矗立着的金紫荆铜像，是中央政府在 1997 年 7 月 1 日香港特别行政区成立之际，对香港的赠予，名为"永远盛开的紫荆花"。

香港回归的那一天，全国各省都曾指派了一名代表出席观礼，其中辽宁省的代表是常务副省长。交接仪式于 1997 年 6 月 30 日 23 时 42 分开始，7 月 1 日零时，香港回归祖国。从那一天起，金紫荆广场就飘扬着两面旗帜，一面是中国国旗，一面是香港特区区旗，每天上午 8 时都会举行升旗仪式，晚 6 时举行降旗仪式。每年 10 月 1 日的中国国庆日、7 月 1 日的香港特区成立纪念日，也都会举行隆重的升旗仪式。

作为一个高度繁荣的国际大都会，香港是国际和亚太地区重要的航运枢纽和最具竞争力的城市之一，连续 21 年经济自由度指数位居世界首位。香港的经济以服务业为重头，核心是服务与贸易的运输业、金融业等，并由此成了全球最富裕、经济最发达、生活水准最高的地区之一。

"东方之珠""美食天堂""购物天堂"等，都是对香港的美誉。

举世无双的金紫荆，也将永远绽放在香港。

中国香港金紫荆广场

大三巴
牌坊

大三巴牌坊是澳门的标志性建筑物之一，也是圣保禄大教堂的遗存。

四个多世纪以前，葡萄牙人侵占了澳门，也把天主教同时带到了澳门，从 1602 年起开始建设一座教堂，历经数年而成，取名"圣保禄"教堂。由于葡语里"圣保禄"的发音，近似粤语中的"三巴"，于是也称"大三巴"教堂。

后来的事实表明，这是一座多灾多难的建筑，先后遭遇了三次火灾。头两次的火势都相对不算大，灾后也都隐忍着复建了。然而发生于 1835 年的第三次火灾，则是毁灭性的，几乎使整个教堂全部付之一炬，只剩下一面前壁。

当时是黄昏，大火持续焚烧了整整两个多小时。

浴火后的教堂一片灰烬，眼瞅着复建无望，人们也到底气馁地不再尝试了。

于是，只剩下了那面前壁，孤零零地独自走过了时光，走到了今天。

据说这面前壁也是极其珍贵的，修筑之时曾耗费了3万多两白银。它的设计者是意大利人，建筑者是日本人，这使它呈现着巴洛克式的建筑风格，却又布置了许多东方色彩的雕刻元素，实在是一座东西方艺术完美融合的作品，这样的特点在全世界的天主教教堂中绝无仅有。由于它的形制与中国的传统牌坊相仿佛，人们便将其俗称为"大三巴牌坊"。

作为著名的"澳门八景"之一，大三巴牌坊尽管在接下来的历程中仍然孤独，却也早就不失热闹了，且拥有了隆誉，它已在2005年被列入联合国世界文化遗产名录。

| 中国澳门大三巴牌坊 |

后 记

  我是一个地地道道的农民子弟,出生在国难当头、战火纷飞的1939年。当我刚刚懂事的时候,记得家里很穷,为了生存,爸爸在做劳工,二叔去给地主干活,三叔被抓去当国民党兵,爷爷奶奶领着妈妈、婶子过着衣不遮体、食不果腹的艰苦生活。1948年锦州解放了,1949年新中国成立了,分得了土地,爸爸叔叔也回家团聚,生活一天天好起来。我爸爸说:"农民种地没出路,将来要上学好好读书,哪怕当个工人也比农民强。"在父亲的嘱托下,我上了小学,考上了初中、高中,在极端困难时期的1960年考上了辽宁大学哲学系,在大学读书时期入了党。

  1965年毕业时被分配到中央组织部青训班,1966年被派到辽西最困难的贫困县——义县七里河公社任副书记、书记,正处于"文化大革命"的动乱时期,一干就是十年。粉碎"四人帮"后我去县里做县委常委、副县长、书记,后来到了锦州、铁岭任市委副书记、书记。1987年到省政府,任省长助理、副省长、常务副省长,一干十年有余。1998年春到2009年在政协工作。此时,我已从一个农民的苦孩子,成为一名国家高级领导干部。祖国解放、新中国成立七十年,也是我读书成长、为党工作的七十年,我深深地感到,回忆我的人生道路,一个农民的苦孩子走到今天,这是党和祖国培养的结果,没有党就没有我的一切,没有伟大的祖国也不会有幸福的今天。我在县、乡基层工作十五年，跟农民老百姓生活在一起，工作、战斗在一起，同吃、同住、同劳动，从他们身上学到了许多书本上学不到的东西，我深深地感到群众是真正的英雄。

2009年，我退休了，但我怀着对党忠诚、对祖国充满无限热爱的激情，还要为祖国、为人民做点贡献，于是我在朋友们的启发下，拿起了相机，奔走祖国各地，把新中国成立七十年来、改革开放四十年来的变化记录下来，特别是看到祖国各地经济发展的惊人成绩，我心里真是乐开了花，看到了祖国的伟大，看到了祖国的大江大河、青山绿水，以及耸入云霄的高楼大厦，浑身是劲，深感轻松愉快。为了真实展示祖国的新面貌，我选取了部分照片，并请杨春风同志写了文字作以说明，与同志们交流互鉴。此书的出版得到了郭兴文同志，辽宁出版集团张东平、蔡文祥同志，以及高文秀、陈巍、李鹏等同志的大力支持，在此一并表示感谢！说实在话，我不懂得摄影，也真不会摄影，只是出于对党、对祖国、对人民真挚的爱。谢谢！

肖作福

后记